Swen Artmann

Glaubt mir,
ich bin ein Lügner!

AF140710

Über dieses Buch:

Ingo Rosenberg-Bratz ist nicht nur unverschämt, selbstverliebt, politisch inkorrekt und ein Idiot vor dem Herrn, sondern auch noch ungemein stolz darauf. Und das ist auch der Grund dafür, warum dieser Unsympath par excellence nicht die geringsten Anstrengungen unternimmt, um dieses Bild in der Öffentlichkeit oder bei seinen Mitmenschen zu verändern.

In diesem abgedrehten, irre komischen und oftmals maßlos überzogenen Buch gibt der 45-jährige Müllsortierer, erfolglose Hobby-Buchautor und Traumtänzer Ingo Rosenberg-Bratz seinen nicht vorhandenen Lesern unverblümte und direkte Einblicke in sein kurioses Leben, wobei er stets darauf bedacht ist, niemanden hinter seine so akribisch aufgebaute Fassade blicken zu lassen. Denn am Ende könnte sich ja herausstellen, dass er in Wirklichkeit ein durchaus netter Kerl mit echten Gefühlen, Sorgen und Nöten ist.

Über den Autor:

Swen Artmann, Jahrgang 1972, schreibt seit mehr als 25 Jahren Gedichte, Songtexte und Kurzgeschichten, von denen viele in diversen Tageszeitungen, Zeitschriften, Anthologien oder im Internet veröffentlicht wurden.

Im November 2010 brachte Artmann seinen ersten tragikomischen Episodenroman über den kleinen, skurrilen Finanzbeamten Karl Bauer in den Buchhandel (*„Aus dem Leben eines kleinen Mannes"*). Dieses Werk fand bei seinen Lesern so großen Anklang, dass 2011 der zweite Teil (*„Gestatten, Karl Bauer!"*) und schließlich 2012 der dritte Teil der Karl-Bauer-Trilogie (*„Das kleine Leben geht weiter"*) veröffentlicht wurde.

„Glaubt mir, ich bin ein Lügner!" ist Swen Artmanns viertes Buch.

Swen Artmann

Glaubt mir,
ich bin ein Lügner!

Books On Demand, Norderstedt

Infos / Homepage des Autors:

www.swen-artmann.de

ISBN 978-3-7322-8467-2

„Wir müssen nicht extra
bis zur Irrenanstalt fahren.
Zu mir nach Hause ist es viel kürzer.“

(Ingo Rosenberg-Bratz)

Für alle die,
die den Mut haben,
zu ihrer Verrücktheit zu stehen,
obwohl sie total
normal sind.

Und natürlich für die,
die den Mut haben,
zu ihrer Normalität zu stehen,
obwohl sie total
verrückt sind.

Prolog im Himmel

Der Wind wehte sanft und warm wie eine Ahnung, während ich schwerelos durch ein Meer aus Licht, Farben und Wolken schwebte. Irgendwo in der endlosen Ferne erklang eine liebliche Melodie, die meine Seele wie mit hauchzarten Engelsflügeln zu streicheln versuchte und mich wissen ließ, dass ich endlich daheim war. Daheim an einem Ort der Ruhe, der Fürsorge und des gelebten Friedens. Und überall war da dieses große Gefühl von Gott. Dieses Gefühl unendlicher Geborgenheit und grenzenloser Liebe...

„Verfluchte Scheiße, ist das langweilig hier!", brüllte ich hasserfüllt ins helle Nichts hinein, als ich mich wieder einmal auf einer Runde durch meine neue postmortale Seelenwelt befand. „Wenn die hier nicht bald ein paar Veränderungen hinsichtlich ihrer Alkohol-, Drogen-, Musik- und Beischlafverordnungen durchsetzen, greife ich mir am Ende noch einen dieser geflügelten Flatterfuzzis, reiße ihn in Stücke und werde anschließend hoffentlich für immer aus dieser Hölle verbannt!"
Ich wollte in meiner Wut gerade zu einem grandiosen Sturzflug ansetzen, um einige Neuankömmlinge zu Tode zu erschrecken, als ich neben mir eine schimmernde Lichtgestalt wahrnahm.
„Ich bin Babette. Dürfte ich Sie mal kurz stören?"
Ich wand das, was früher einmal ein äußerst ansehnlicher Kopf gewesen war, und erblickte das vernebelte Gesicht einer Frau. Ihr schemenhaftes und nahezu durchsichtiges Konterfei war so spektakulär unspektakulär, dass ich es noch beim Betrachten direkt wieder vergaß.
„Bereits geschehen!", bellte ich. „Auf Nimmerwiedersehen!"
Ich beschleunigte meinen Flug, doch die Gestalt schien mühelos mit mir mithalten zu können. War wohl schon länger im Himmel, die Ärmste.
„Ich wollte fragen, ob ich Sie einmal ansprechen dürfte."
„Auch das hast du bereits getan, du Plagegeist. Schwirr ab!"
So unfreundlich und grob ich auch auftrat, meine neue Begleitung ließ sich dadurch nicht abwimmeln. Sie sah sich sogar veranlasst, mir noch näher auf die nicht mehr vorhandene Pelle zu rücken.
„Entschuldigen Sie, aber ich glaube, ich habe Ihr Buch gelesen. Damals, als wir alle noch da unten waren."
Ich wurde stutzig und zuckte für einen Moment zusammen. Sollte es sich vielleicht doch lohnen, mit dieser Kreatur des Windes ein paar

Worte zu wechseln? Schließlich war Abwechslung hier oben so selten wie Kondomautomaten in einer katholischen Kirche. Ich drosselte meinen umweltschonenden Himmels-Hybrid und sah mit dem Versuch eines Lächelns zu dem sonderbaren Wesen hinüber.

„Dafür muss man sich doch nicht entschuldigen. Auch ein hässliches Huhn findet mal einen Hahn."

„Ich bin mir aber nicht hundertprozentig sicher."

„Wie kann das denn? Hast du es nun gelesen oder nicht?"

„Ich glaube ... ja."

„Dann ist doch quasi gewissermaßen sozusagen alles in Butter."

„Obwohl ich mir wiederum aber auch nicht so ganz sicher bin."

„Wieso bist du dir denn nicht so ganz sicher?"

„Weil Sie damals auf dem Cover komplett anders ausgesehen haben."

„Anders?"

„Irgendwie jünger."

„Oh, du heiliger Gammelhammel! Langsam wirst du mir so lästig wie eine Wespe beim Picknick. Das Bild ist über dreißig Jahre alt."

„Demnach sind Sie also Ingo Rosenberg-Bratz?"

„Jawoll! Zumindest das, was von ihm übrig geblieben ist. Obwohl mich hier auch schon einige mit dem Teufel verwechselt haben."

„Mein Gott!"

„Na, der bin ich auf jeden Fall nicht."

„Stimmt! Der sieht auch anders aus. Bin ihm letzte Woche zufällig beim Italiener begegnet."

„Ach, wirklich? Mir scheint der alte Knabe permanent aus dem Weg zu gehen. Sag mal, könntest du mir einen Gefallen tun?"

Das Geschöpf, das neben mir völlig gelassen durch immer neue Ansammlungen von Wolken- und Nebelformationen raste, schien noch eine Spur heller zu leuchten.

„Was kann ich für Sie tun?"

„Du könntest dem feinen Herrn Gesamtschöpfer bei einem eurer nächsten Treffen mal verklickern, dass er sich schleunigst bei mir melden sollte. Ich hätte da einige grundlegende Angelegenheiten mit ihm zu bequatschen."

„Werde ich tun. Versprochen!"

„Bedankt."

„Nicht dafür."

„Da brat mir doch einer einen Storch! Wofür denn dann?"

8

„Wie bitte?"

„Vergiss es! Ich kann nur Leute nicht ausstehen, die auf ein ordentliches *Danke* mit *Nicht dafür* antworten."

„Das tut mir leid. Ich bin auf jeden Fall noch nie einem richtigen Schriftsteller begegnet. Das ist ja so aufregend."

„Aufregender, als diesen Gott zu treffen?"

„Irgendwie schon. Schließlich ist Gott allgegenwärtig."

„Verschone mich mit diesem himmlischen Gelaber. Aber glaub mir, für mich ist das hier auch ganz doll aufregend. Ich bin nämlich während der letzten Jahrzehnte weder hier oben noch da unten jemals auf einen echten Leser von mir gestoßen."

„Dann sind wir jetzt beide aufgeregt, was? Das ist komisch."

„Komme mir auch schon vor wie in der Göttlichen Komödie. Gibt es sonst noch was Unwichtiges? Habe gleich Probe vom Harfenorchester."

„Nein, das war es schon. Ich wollte ja auch nur gesagt haben, dass ich Ihr Buch gelesen habe. Da war sogar eine Widmung von Ihnen drin."

„Eine Widmung?"

„Ja. Ich habe das Buch von einer Freundin geschenkt bekommen."

„Von welchem Buch sprechen wir hier eigentlich?"

„Von Ihrem."

„Schon verstanden. Aber von welchem? Ich habe mehrere geschrieben."

„Ich meine das, wo Sie im Titel bereits sagen, dass Sie ein Lügner sind."

„Ich erinnere mich dunkel. War damals ein Bestseller."

„Ehrlich?"

„Nein, unehrlich! Erwähnte ich nicht, dass ich ein Lügner bin?"

„Schade, ich hätte es Ihnen gegönnt. Sie sind nämlich wahnsinnig nett."

„Und du bist wahnsinnig wahrnehmungsgestört. Wie hat dir das Buch denn gefallen?"

„War spannend."

„Kann es sein, dass wir von unterschiedlichen Werken sprechen?"

„Nein, ich meine das Buch, wo Sie im Titel fordern, dass…"

„Hör mal zu. Ich überlege gerade ernsthaft, mir einen riesigen *Dirt Devil* zu besorgen, um dich wegzusaugen. Ich habe zu Lebzeiten stets nur humorvolle Kurzgeschichten verfasst. Da war nichts Spannendes dabei."

„Doch! Es war spannend, was Sie so alles erlebt haben."

„Mit dem Denken haben wir's echt nicht so dicke, was? Da muss bei dir beim Hochbeamen aber gehörig was schiefgelaufen sein. Meine Stories waren allesamt fiktiv und völlig an den Haaren herbeigezogen."

9

„Wie jetzt?"

„Na, ausgedacht und gelogen eben."

„Sie haben gar nicht über Ihr eigenes Leben geschrieben?"

„Wirke ich tatsächlich so gestört, asozial und unsympathisch auf dich? Der Typ in dem Buch war doch ein Kernpfosten vor dem Herrn."

„Ich weiß ja nicht, wie jemand aussieht, der solche Sachen erlebt."

„Aber du hast die Möglichkeit nicht ausgeschlossen, dass ich dieser kaputte Kerl aus dem Buch sein könnte, stimmt´s?"

„Vielleicht."

„Vielen Dank auch, Babette Luftikus."

„Aber kann man sich so seltsame Geschichten ausdenken, ohne sie selbst erlebt zu haben?"

„Mann kann, Frau nicht! So, ich muss jetzt weiter."

„Denken Sie, wir könnten uns irgendwann mal verabreden?"

„Lass mich nachdenken", antwortete ich, während ich einer Gruppe debil grinsender und Geige spielender Flügelträger auswich. „Nö!"

„Das ist aber schade. Wo wir uns doch so gut verstehen."

„So ist das eben im Himmel. Hier ist vieles mehr Schein als Sein, und Wünsche gehen auch nicht automatisch in Erfüllung."

„Dann wünsche ich Ihnen noch einen schönen Tag. Ich werde jetzt mal zur großen Bibliothek düsen. Vielleicht haben sie dort Ihr Buch vorrätig. Ich hätte Lust, es nach so vielen Jahren mal wieder zu lesen."

„Wenn sie mein Buch hier tatsächlich haben sollten, ist das der endgültige Beweis dafür, dass wir uns definitiv nicht im Paradies befinden. Das Ding ist von seiner Grundausrichtung her eher für die Hölle geeignet. Aber Reisende soll man nicht aufhalten. Guten Flug!"

„Ihnen auch. Und noch was."

„Ja, Columbo?"

„Ich bin wirklich froh, dass Sie nicht dieses arrogante, selbstverliebte, asoziale und primitive Riesenarschloch aus dem Buch sind."

„Ich auch. Und jetzt verzieh dich!"

„Tschüssikowski, Herr Rosenberg-Bratz. Es ist total schön, Sie bei uns zu haben. Und dabei ist es mir egal, ob wir im Himmel oder in der Hölle sind. Ich glaube, mit Ihnen werden wir hier auf jeden Fall noch eine Menge Spaß kriegen."

„Worauf du einen lassen kannst! Vorausgesetzt natürlich, der Big Boss stimmt meinen Änderungsvorschlägen zu. Ansonsten veranstalte ich hier so ein höllisches Theater, dass es nur so donnert und kracht."

Ist der Ruf erst ruiniert...

„Wir kommen nun zu einem Mann, der heute Abend seine Talkshow-Premiere im deutschen Fernsehen feiert", flötete Barbara Schöneberger professionell in die Kamera, während sie zunächst ihr langes Haar nach hinten und anschließend ihre beachtlichen Brüste nach vorne warf.
„Er ist einem größeren Publikum vor allem durch seine erfolgreichen Bücher *„Esst keinen braunen Schnee!"* und *„Glaubt mir, ich bin ein Lügner!"* bekannt geworden. Aber auch seine Auftritte und Lesungen sind mittlerweile legendär und genießen bei Fans und Kritikern gleichermaßen Kultstatus. Wir freuen uns sehr, dass er heute bei uns ist. Begrüßen Sie mit mir den einzigartigen Ingo Rosenberg-Bratz!"

Während das Studiopublikum artig applaudierte und sich die Promis der Talk-Runde ratlos ansahen, fuhr ich mir durchs dunkelbraune Haar, das ich im Nacken zu einem Pferdeschwanz zusammengebunden hatte. Anschließend stierte ich zuerst in die blauen Augen der Moderatorin und danach zwei geschlagene Minuten lang auf ihre Oberweite.
„Herr Rosenberg-Bratz?" Barbaras durchdringender Blick verriet eine seltsame Mischung aus Argwohn, Ekel und Ungeduld.
Ich nestelte ertappt an meinem nach unten hin spitz zulaufenden Kinnbart herum, und wäre ich nicht die Selbstsicherheit in Person gewesen, wäre ich bei den 350 Zuschauern, Kameras, Scheinwerfern und Kabelträgern für mindestens ein Vierteljahrhundert errötet.
„Sind Sie noch bei uns?"
„Äh, natürlich ist er noch da", warf Boris Becker, der direkt neben der TV-Lady saß, mit der Intelligenz einer frisch gestrichenen Gartenbank ein. „Äh, da sitzt er doch."
„Boris, lass mal", flüsterte seine Frau Lilly in gebrochenem Deutsch und legte ihm eine Hand auf den noch immer geschwollenen Tennisarm.
„Also, Herr Rosenberg-Bratz", fuhr die Schöneberger dazwischen, bevor der Ex-Leimener noch größeren Schaden anrichten konnte.
„Noch da?"
„Aber so was von, Schätzchen!", raunte ich. „War nur kurz abgelenkt. Es kommt nicht oft vor, dass mir eine so ausdrucksstarke Frau gegenübersitzt. Von Zuhause bin ich eher das Gegenteil gewohnt."
Während das zumeist gesetzt wirkende Livepublikum verstohlen vor sich hin kicherte, versuchte ich, die entstehende Pause dadurch zu

überbrücken, indem ich einen Staccato-Rhythmus auf mein Ansteckmikrofon hämmerte, was dem kompletten Studio nicht nur eine heimelige Urwaldatmosphäre verlieh, sondern den Tontechniker auch dazu veranlasste, die explodierenden Kopfhörer weit von sich zu werfen, um seine Kündigung beim Sender einzureichen.

„Wie nett", meinte die Schöneberger irgendwann, schaute ein wenig verunsichert und fuhr fort:

„Herr Rosenberg-Bratz. Sie leben mit Ihrer Frau und Ihren beiden Kindern in der kleinen Stadt Billerbeck im schönen Münsterland und ..."

„Hey!", unterbrach ich das Plappermäulchen mit erhobenen Händen. „Keine Fragen zu meinem Privatleben, okay? Es gibt Dinge, die sind so intim, dass ich über die nicht einmal mit mir selbst rede."

„Äh, richtig so, Bruder", sprudelte es lebenslustig und einigermaßen flüssig aus Boris heraus. „Ich halte mein Privatleben auch komplett aus den Medien raus, stimmt´s Babs?"

„Mein Name ist Lilly!", zischte Lilly. „Merk dir das endlich."

„Ey, du und meine Ex seht euch aber auch zum Verwechseln ähnlich, verdammt! Da kann mir jetzt keiner einen … äh, Strick draus flechten."

„Macht ja auch niemand, du rothaariger Wäschekammer-Casanova", erwiderte ich großväterlich, während ich dem ehemaligen Rasenplatz-Gott ins pausbäckige Gesicht starrte.

„Äh, seit wann bin ich rothaarig? Und warum nennst du mich Casanova? Ich bin doch der Bobbele, der Liebling der Nation. Ich habe als 17-Jähriger Wimbledon gewonnen – und zwar gleich mehrmals."

„Lass gut sein", wisperte Lilly erneut, der man anmerkte, dass sie es bereute, die Einladung zu der Fernsehsendung angenommen zu haben.

„In Ordnung, Herr Rosenberg-Bratz", brachte sich die Schöneberger wieder ins aktuelle Tagesgeschehen ein. „Sie leben also ohne Ihre Frau und ohne Ihre Kinder in keinem kleinen Ort bei Münster."

Ich verzog den Mund und überlegte angestrengt. Wollte mich die Schöne etwa vor versammelter Mannschaft aufs Glatteis führen? Wenn ja, dann hatte sie sich gehörig geschnitten, aber so was von.

„Der Wal zeichnet sich stets durch sein unhandliches Format aus."

„Ich bin mir im Augenblick zwar nicht ganz sicher, was Sie uns mit dieser philosophischen Lebensweisheit mitteilen wollten, aber schließlich sind wir ja auch nicht hier, um uns ordentlich zu unterhalten." Man merkte der Barbara an, dass sie leicht genervt war.

„Was hat sich denn seit Ihrem plötzlichen Ruhm so alles für Sie verändert? Können Sie zum Beispiel noch unerkannt und unbehelligt in den Supermarkt gehen?"

„Warum sollte ich in drei Teufels Namen in einen Supermarkt gehen?"

„Ach, Sie kaufen nicht ein?"

„Nee, das erledigt bei uns meine Frau. Wenn ich was besorge, dann höchstens mal ´ne Kiste Bier oder ´ne Stange Kippen – vornehmlich jedoch nachts an der Tanke."

„Nachts an der Tanke?"

„Korrekt, du schnuckelige Echo-Maus. Und gerne auch mal mit heruntergezogener Sturmhaube und dem alten Luftgewehr von meinem Opa im Anschlag. Gott hab ihn selig."

Die Schöneberger verlagerte sichtbar nervös ihr Gewicht von einer Pobacke auf die andere und schaute dabei hilfesuchend zu Hubertus Meyer-Burckhardt hinüber, dem zweiten Moderator der Sendung.

„War das jetzt ein Scherz?"

„Keineswegs!", antwortete ich eine Spur zu laut, stand auf und kratzte der verdutzten Fernsehfrau lässig mit dem rechten Daumennagel eine Wimper aus dem Gesicht. „Wenn du mir nicht glaubst, kannst du gerne meinen Bewährungshelfer anrufen. Musst dich aber beeilen. Nach 22 Uhr ist der nämlich so stoned wie zehn Hippies während des Woodstock-Festivals, sodass er keinen graden Satz mehr rauskriegt."

„Ach, wie originell", gurrte die von mir Berührte und hielt sich dabei eine Hand vor die Stelle ihres hübschen Gesichtes, die ich kurz zuvor noch so selbstlos bearbeitet hatte. „Das klingt mir doch auf jeden Fall nach einer klar abgestimmten Rollenverteilung."

„Jawoll!", erwiderte ich, stand erneut auf und salutierte formvollendet. „Bei uns ist halt alles noch so, wie es sein sollte. Ich halte nichts von Gleichberechtigung und neumodischen Familienstrukturen. Ich sage auch immer: Gib deiner Frau zu viel Leine und du halbierst Lebenszeit und Freude bei gleichzeitiger Verdreifachung deiner Ausgaben."

„Äh, das habe ich jetzt aber nicht so ganz kapiert", mischte sich der Tennis-Rotschopf wieder stotternd ein, während es im Publikum langsam etwas unruhiger wurde. „Aber bei uns zuhause habe ich auf jeden Fall auch manchmal ganz oft zwischendurch Hosen an. Ich habe sogar welche, die sind gar nicht kurz und weiß. Stimmt doch, Babs, oder? Zuhause habe ich doch auch manchmal ganz oft Hosen an."

„Klar Schatz", konterte Lilly Becker erzürnt. „Aber nur, wenn ich sie dir morgens raus lege."

„Da scheinen ja manche Gäste heute Abend noch ganz schön altertümliche Ansichten zu vertreten, was?", brachte sich nun Meyer-Burckhardt ebenfalls ins Gespräch ein, während sich die Schöneberger mit ihren Textkärtchen Luft zufächerte und ein Dutzend Visagisten um sie herum tanzten, um den tiefen Krater zu überschminken, den mein Daumennagel in ihre perfekte Fernsehmaske gerissen hatte.

„Lieber Herr Rosenberg-Bratz", fuhr Meyer-Burckhardt fort. „Erzählen Sie doch den wenigen Zuschauern, die Sie noch nicht kennen, was Sie so den ganzen Tag machen – außer natürlich fremde Leute zu duzen."

„Äh, mich duzen die Leute auch immer alle. Voll komisch, ulkig und strange. Sagen einfach Boris zu mir, obwohl ich die gar nicht mit Vornamen kenne und noch nie niemals im Leben gesehen habe."

„Boris, nicht jetzt", hüstelte Frau Becker peinlich berührt.

„Dem kann ich mich nur anschließen, du gefallener Centre-Court-Held", gab ich Lilly recht. „Schließlich bin ich jetzt mit Reden an der Reihe. Deine 15 Minuten Ruhm sind vorbei."

„Äh, sind die echt schon vorbei, Babs? Ich dachte…"

„Ich heiße Lilly! Wie oft soll ich dir das noch sagen? Wenn du dich noch einmal vertust, schreibe ich dir meinen Namen auf den Unterarm."

„Äh, ist ja gut."

„Herr Rosenberg-Bratz?" Meyer-Burckhardts Augen verrieten, dass ihm ganz und gar nicht mehr nach Späßen zumute war. „Ich warte."

„Okay", erwiderte ich, während ich bemerkte, wie Veronica Ferres, die direkt neben Lilly Becker saß, gekonnt die Augen verdrehte.

„Also, zunächst einmal bin ich ein Händler."

„Ein Händler?"

„Richtig! Ich handle, weil ich mir das Handeln nicht von anderen aus der Hand nehmen lassen will. Kapiert? Zudem bin ich Buchautor, satirischer Dichterfürst und komödiantischer Freigeist. Und natürlich der zurzeit beste Poetry-Slammer Deutschlands."

„Poetry-Slammer?" Die Schöneberger, deren Gesicht in der Zwischenzeit rekonstruiert worden war, beugte sich mit gespielter Neugierde ein wenig nach vorne. „Was genau sind das denn für Leute?"

„Das sind in allererster Linie Leute wie ich", antwortete ich sachlich völlig korrekt, während ich eine Schachtel Zigaretten aus meiner

Tarnfarben-Bomberjacke zog. „Darf ich hier eigentlich rauchen? Früher durfte man das in Sendungen wie dieser immer. Dadurch wirkten die Shows stets so intellektuell und elitär."

„Ich kann mir nicht vorstellen, dass alle Poetry-Slammer so vorlaut, unhöflich und eingebildet sind wie Sie!", blaffte Veronica Ferres plötzlich ungefragt und hielt ihr Konterfei medienwirksam in die Kamera. „Sie haben einen ganz ungehobelten Charakter. Sie können doch nicht einfach so einen tollen Mann wie Boris Becker beleidigen. Ganz egal, ob er es nun merkt oder nicht."

Da mir auf meine Frage bezüglich des Rauchens noch niemand geantwortet hatte, steckte ich mir langsam eine Zigarette zwischen die Lippen, zündete sie an, zog kräftig und blies den Rauch genüsslich gen Studiodecke. Anschließend legte ich den Kopf auf die Seite und freute mich diebisch darüber, dass im Studio, nach dem heldenhaften Vorstoß der Ferres, hier und da zustimmend applaudiert wurde.

„Frau Ferres, ich bin, wie ich bin. Die einen kennen mich, die anderen können mich. Sollte ich aus einem mir zurzeit noch unerfindlichen Grund das Bedürfnis haben, mit Ihnen zu sprechen, werde ich klar und deutlich in Ihre Richtung grunzen."
Ich spürte, dass ich es mit meinen Äußerungen ein klein wenig übertrieben hatte, und das Publikum gab mir auch direkt durch Protestgemurmel und Buh-Rufe recht. Ich glaube, es flog sogar ein erstes Weinglas in meine Richtung.
„War nicht so gemeint", log ich zehn Sekunden später und schenkte der hyperventilierenden Ferres, nach meiner persönlichen Lebensphilosophie, dass ein breites Grinsen noch immer die beste Variante ist, um seinem Feind die Zähne zu zeigen, ein Lächeln.
„Auf jeden Fall sind Poetry-Slammer Künstler, die mit ihren Texten auf Bühnen klettern, sie einer Zuhörerschaft vortragen und hoffen, von dieser anschließend mehr Applaus zu bekommen, als diejenigen, die vor oder nach ihnen auftreten."
„Und Sie haben schon viele von diesen Wettbewerben gewonnen?", wollte die Schöneberger falsch greinend wissen.
„Quasi gewissermaßen sozusagen, Baby! Ich bin zurzeit sogar so gut, dass Slammer ihre Anmeldungen zurückziehen, wenn sie erfahren, dass ich auch am Start bin. Es gibt sogar welche, die wegen mir ihre

künstlerische Tätigkeit komplett aufgegeben haben und stattdessen lieber wieder als Kellner, Schauspieler oder Moderatoren arbeiten."

„Ich werde in Zukunft auf jeden Fall auch absagen, sollte ich noch einmal das Pech haben, mit Ihnen gemeinsam in eine Sendung eingeladen zu werden!", hustete die Ferres keuchend und erhob sich. „Sie sind eine Zumutung für diese Show und für alle wahren Promis!"

„Wer wird denn da gleich so unsachlich werden?", entgegnete ich mit ruhiger Meditationsleiterstimme, während im Studio immer mehr Gäste durch verbale Auswürfe bekundeten, auf der Seite der erregten *Bambi*-Preisträgerin zu stehen. „Ich sag doch nur die Wahrheit."

„Also äh, ich find den gut", erhielt ich plötzlich und völlig unerwartet Schützenhilfe aus Boris` Mund. „Der ist doch voll witzig."

„Bobbele, ich liebe dich", entgegnete ich überrascht und streckte ihm einen gehobenen Daumen entgegen. „Wärest du nicht mit Babs verheiratet, würde ich mich jetzt mal schön von dir zu deinem Lieblingsitaliener und anschließend ins Hotel einladen lassen."

Der überforderte Rotschopf legte geschockt eine Hand vor den Mund und starrte fassungslos zu seiner Frau hinüber.

„Äh, mein schwarzes Filzkügelchen. Wie meint der das jetzt?"

„Das erkläre ich dir zuhause, Sweety", erwiderte Lilly beschwörend. „Denk an deinen Blutdruck. Du weißt, du darfst dich nicht aufregen."

„Keine Sorge, Boris", versuchte nun auch Meyer-Burckhardt den missverstandensten Wimbledon-Sieger aller Zeiten zu beruhigen. „Der komische Onkel macht nur Quatsch." Und an mich gewandt:

„Herr Rosenberg-Bratz. Ihr Wikipedia-Eintrag ist in der *Ich-Form* verfasst und steckt zudem voller Rechtschreibfehler, pornographischer Anspielungen und maßloser Übertreibungen. Ist das für einen Mann des öffentlichen Lebens nicht überaus peinlich?"

Ich nahm einen letzten Zug von meiner Zigarette, beugte mich vor, warf den noch glühenden Stummel ins Wasserglas der inzwischen wieder sitzenden Ferres, lehnte mich zurück und antwortete staatsmännisch:

„Schlimmer als ein Elefant im Porzellanladen, ist ein Igel in der Kondomfabrik."

Hubertus Meyer-Burckhardt drohten beinahe die Augen aus dem Schädel zu springen, während seine Halsschlagader bedrohlich anschwoll. Überall im Studio waren nun lautstarke Flüche, üble

Beschimpfungen und wütende Stimmen zu hören, und die Sicherheitsleute des Senders hatten alle Hände voll damit zu tun, die aufgebrachte Menge davon abzuhalten, mich am nächsten Galgen-Mikrofonständer aufzuknüpfen.

„Ich glaube, so langsam reicht es, Herr Rosenberg-Bratz", rief eine um Contenance bemühte Schöneberger in das chaotische Chaos hinein. „Es wäre wirklich ratsam, wenn Sie dieser Sendung, den anderen Gästen und unserem Publikum ein wenig mehr Respekt entgegenbringen würden. Ansonsten wäre es jetzt für Sie an der Zeit, das Studio zu verlassen."
Tosender Applaus, „Raus mit dem elenden Spinner!"-Rufe und eine verirrte Feuerwerksrakete, die einem Kabelträger das linke Ohr abriss.

„Okay, okay!", erwiderte ich über das Tohuwabohu hinweg. „Von jetzt an werde ich mich benehmen. Versprochen! Schließlich lebe ich nach der Devise, dass man Frieden schließen sollte, solange man noch kämpfen kann. Obschon man ja auch sagt, dass jede Show die Gäste bekommt, die sie verdient."
„Nun gut", nahm die Schöneberger einen letzten Anlauf. „Dann wollen wir Ihnen mal glauben."
„Kannst du auch, Schnuckelchen. Schließlich bin ich ein Lügner."
„Womit wir auf ein anderes Thema zu sprechen kommen. Worum geht es denn genau in Ihrem neuen Buch? Kritiker und Fans überschlagen sich ja nahezu vor Begeisterung."
Ich überlegte ein wenig in die eine und schließlich in die andere Richtung, während ich bemerkte, dass sich die Stimmung im Publikum und in der Promigruppe etwas beruhigt hatte. Nein, dachte ich mit dem Anflug einer Panikattacke. Das darf auf keinen Fall geschehen. Nicht, nachdem es so gut für mich begonnen hatte.

„Ach, die Kritiker und die Fans. Die haben doch keine Ahnung. Die sind alle so dämlich, dass sie Qualität nicht von Blödsinn unterscheiden können. Das kann man ja alleine schon daran sehen, dass auch Leute aus dieser Runde von denen hochgejubelt und verehrt werden. Und mal ehrlich: Hier sitzt doch niemand, der dieses Lob tatsächlich verdient hätte, oder?" Es wurde wieder lauter unter den Menschen im Studio. Ich war auf dem richtigen Weg.

„Um es mal ganz deutlich zu sagen: Mein Buch ist der letzte Schwachsinn. Da geht es auf 160 Seiten nur um mich und um erlogene und ausgedachte Geschichten aus meinem Leben, die so blöde und unausgegoren sind, dass sie jeder halbwegs vernünftige Achtklässler entrüstet in den Müll werfen würde." Ich steckte mir eine weitere Zigarette zwischen die Lippen und zündete sie lässig an.

„Wer für so einen Mist Geld ausgibt, muss vom Leben schon ziemlich gestraft sein. Wer diesen Mist dann auch noch komplett liest, hat echt einen Sockenschuss. Und wer dieses geistlose Machwerk schließlich auch noch gut und lustig findet, gehört definitiv in eine Anstalt eingewiesen. Und zwar für immer, sofern er es nicht schon ist."

„Äh, ich möchte das Buch auf jeden Fall lesen", warf Becker begeistert ein und schleuderte seiner Gattin einen aufmunternden Blick zu. „Ich glaube, das wäre voll echt was für mich, oder Babs?"

„Sei leise, du Vollidiot", raunzte Boris` seine Frau eindringlich. „Du kannst doch gar nicht lesen."

Ich ging nicht auf den Kommentar von Lilly ein, sah den Tennis-Hamster stattdessen nur mitleidig an und antwortete schließlich:

„Ja Boris, ich habe keinen Zweifel daran, dass dir das Buch gefallen würde. Aber du passt ja auch zu hundert Prozent in das Leserschema, das ich gerade dargestellt habe. Vielleicht könntest du es gemeinsam mit Frau Ferres lesen. Ihr zwei würdet auf jeden Fall aus dem Lachen nicht mehr herauskommen."

XXX

Der Tritt der empörten Ferres traf mich mit voller Wucht über dem linken Auge. Während ich blutend zu Boden sank, dachte ich mit grimmiger Vorfreude an die Reaktionen, die mein Verhalten und mein denkwürdiger Auftritt in den Medien auslösen würden. Und ich dachte daran, wie positiv sich das Ganze auf meine Buchverkäufe auswirken würde. Denn wie sagten bereits Lothar Matthäus, Osama bin Laden und Pontius Pilatus?

„Man muss sich erst unbeliebt machen, um ernst- und wahrgenommen zu werden."

XXX

„Hey Ingo, aufwachen! Da hat wieder mal so ein Mensch Altglas in den Papiermüllcontainer geworfen."

Ich schreckte hoch und verschüttete dabei den inzwischen völlig kalten Kaffee über meine Beine.

„Hä?", brachte ich unter größten Anstrengungen zustande und betrachtete meinen Kollegen und besten Kumpel Robert Waskowska, der den Eingang der Holzhütte mit seiner Statur vollständig ausfüllte.

„Warst du wieder mal in deiner Traumwelt unterwegs, du komischer Kauz? Ich sagte, dass da jemand Glas in den Papiercontainer geschmissen hat."

„Machen wir doch auch immer", gab ich schlecht gelaunt zurück, während ich mir den Schlaf aus dem Gesicht rieb und mich in die Fernsehshow zurückwünschte.

„Schon, aber diesmal hat`s der Chef gesehen. Und der macht jetzt den großen Hermann."

„Und, was erwartet der Alte nun von uns? Dass wir in den Container kriechen und das Glas rausholen?"

„Richtig."

„Ohne mich!", blaffte ich, griff nach einer Zigarette und zündete sie an. „Das soll doch dieses Spatzenhirn machen, das den Mist verbockt hat."

„Dieses Spatzenhirn ist weiblich, hochschwanger und die Frau von diesem Schubert vom Ordnungsamt. Sie steht jetzt aufgelöst da rum, entschuldigt sich andauernd und meint, sie würde der Belegschaft fürs nächste Wertstoffhof-Betriebsfest fünf Kilo Grillfleisch spendieren."

„Aber was spricht dagegen, dass sie dennoch selbst in den Container klettert? Die ist schwanger, nicht krank."

„Ingo!", mahnte Waskowska. „Die Frau sieht aus, als trage sie einen Elefanten aus. Willst du, dass sie da drinnen Wehen kriegt? Dann haben wir hier aber die Kacke am dampfen. Stell dir nur die Schlagzeilen in der örtlichen Presse vor."

„Klingt doch gut: *Gattin von Deutschlands dämlichstem Beamten entbindet in Altpapiercontainer. Mutter und Rüsseltier wohlauf.*"

Ich zog an meiner Zigarette und ließ den Rauch in Ringen zur Hüttendecke schweben.

„Ich mach da jetzt zumindest gar nichts. Ich hab Pause! Soll sie halt aufpassen, wo sie ihre Klamotten reinschmeißt. Die Container sind doch wohl ausreichend beschriftet."

„Jetzt hab dich nicht so", versuchte Waskowska mich zu beruhigen. „Außerdem ist deine Pause seit zehn Minuten vorbei. Der Chef hat das Angebot mit dem Grillfleisch zumindest angenommen und der Dame versichert, dass wir die Angelegenheit für sie erledigen. Schließlich kann so etwas jedem mal passieren."

„Klar! Dem Dümmsten zuerst."

„Jetzt sei nicht so faul."

„Ich bin nicht faul, sondern hochmotiviert, nichts zu tun. Außerdem ist derjenige, der seine Hände in den Schoß legt, nicht zwangsläufig untätig."

„Ingo", flüsterte Waskowska, kam auf mich zu und legte mir eine Hand auf den Arm. „Der Alte hat mir gesteckt, dass er vermutet, dass das Ganze so eine Art Test von der Schubert sein könnte. Von wegen Freundlichkeit und zuvorkommender Dienstleistung und son Kram."

„Scheiß drauf, du dämlicher Polake!"

„Das kannst du so nicht sagen. Denk dran, dass ihr Mann uns seit deiner Geschichte auf'm Kieker hat."

„Auf'm Kieker? Meine Güte. Das ist doch schon längst verjährt."

„Ist es nicht! Das war letzte Woche."

„Du heiliger Gammelhammel, sind wir heute pingelig. Und das alles wegen dieser 50 Euro für die Bauschuttentsorgung. Ich hätte das Geld schon noch in die Kasse getan. Und den Beleg auch."

„Nur dumm, dass du es nicht getan hast, der Kunde die Quittung verloren hat und sich am Tag danach von der Durchschrift für seine Firma eine Kopie machen wollte."

„Ist ja gut", murmelte ich kleinlaut, warf die Zigarette in eine leere Bierdose, rappelte mich hoch und band mein Haar im Nacken zusammen. „Ich komme schon. Aber eins sage ich dir: An dem Tag, an dem ich ganz plötzlich reich und berühmt bin, mach ich hier den Adler. Dann bin ich weg. Und zwar quasi gewissermaßen sozusagen sofort und augenblicklich. Ach, was sage ich? Schon eine Woche vorher."

Veganer sterben gesünder

„Mein Gott, Rosi! Was machst du da?"

„Kochen."

„Du kochst? Sieht aber nicht danach aus."

„Warum?"

„Weil es eher so wirkt, als würdest du aus den gesammelten Bioabfällen der Nachbarschaft eine Kleistermasse herstellen, mit der man anschließend Fenster und Türen abdichten kann."

„Ingo, das mag für dich auf den ersten Blick so aussehen, aber ich koche tatsächlich. Und zwar vegan."

„Du kochst was?"

„Vegan."

„Du bereitest doch selbst Dosensuppen nach Rezept zu. Und nun kochst du auf einmal ... vegan? Ist das so was wie Geschnetzeltes oder Hühnerfrikassee – nur in ekelig und ungenießbar?"

„Nein! Ich verzichte beim Kochen lediglich auf tierische Produkte."

„Aber nicht auf Fleisch, oder?"

„Natürlich nicht. Bei Fleisch handelt es sich ja um die Tiere selbst. Ich verzichte, wie gesagt, nur auf deren Produkte."

„Da fällt mir aber ein Stein vom Herzen."

„Ingo, du bist ein armer Trottel. Natürlich verwende ich kein Fleisch."

„Warum machst du so einen Mist? Hast du dir den Kopf gestoßen, oder ist dir im Traum eine Kuh erschienen, die zu dir gesprochen hat?"

„Lass dir versichern, dass mit mir alles in bester Ordnung ist."

„Das sagst du. Ich würde das mal von einem Profi untersuchen lassen."

„Ingo, es geht mir super. Mach dir keine Sorgen."

„Aber warum verhältst du dich dann so komisch?"

„Weil ich gelesen habe, dass das gesund ist."

„Was ist gesund? Sich komisch zu verhalten?"

„Nein, vegan zu kochen."

„Mag ja sein, aber muss man das Zeug anschließend auch noch essen?"

„Ja."

„Und wo hast du diesen Unsinn gelesen? In einem Handbuch für Sadomasochismus? Oder haben die Jungs von Al-Qaida eine Rezeptsammlung mit dem Titel *„Beeilt euch, das Essen wird welk!"* herausgegeben, mit der sich nach und nach die gesamte westliche Welt selbst vergiften soll?"

„Ich habe es im Internet gelesen."

„Pass mal auf, du komische Nudel. Das Internet ist Scheiße, klar? Es macht die Menschen süchtig, dumm, kontaktscheu und aggressiv. Außerdem bewirkt es, dass sich Leute bei Facebook als *Freunde* bezeichnen, die sich noch nie im Leben gesehen oder gesprochen haben. Da kannst du mir also nicht damit kommen, dass du im Internet etwas gelesen hast, was gut für die Menschen sein soll."

„Das Internet ist ja nicht nur schlecht. Du bist ja auch nicht nur blöd."

„Danke! Aber erzähle es nicht weiter."

„Außerdem nutzt du Facebook doch auch, Ingo. Bist du es nicht, der in den letzten Jahren über 2500 sogenannte *Freunde* angesammelt hat?"

„Bei mir ist das aber auch was anderes."

„Warum?"

„Weil ich erwachsen, vorsichtig und intelligent bin."

„Erwachsen, vorsichtig und intelligent?"

„Stehe ich auf ´nem beknackten Berg, oder warum kommt alles direkt zurück, was ich sage?"

„Du meinst also, es war erwachsen, vorsichtig und intelligent, letztes Jahr an alle deine Internetfreunde diese Scherzeinladung zu der Gratis-Swinger-Party zu verschicken?"

„Das war ein Versehen."

„Ein Versehen?"

„Ja! Ich wollte die Nachricht eigentlich nur Waskowska zusenden, um ihn zu ärgern, weil ich wusste, dass der solche Sachen aus moralischen Gründen zutiefst verurteilt."

„Geärgert haben sich nachher aber vor allem wir, unsere Nachbarn und die Polizei, als hier 250 Autos aus ganz Deutschland in den Straßen parkten, und 400 Sexsüchtige wie Zombies vor unserem Haus standen."

„Ich sagte ja, dass es ein Versehen war."

„Aber du hast auch anschließend weiterhin fleißig Freundschaftsanfragen bei Facebook gestartet. Manchmal sogar so viele an einem Tag, dass sie dich daraufhin für einen Monat gesperrt haben."

„Logisch! Werde ich auch weiterhin tun."

„Aber du kennst diese ganzen Leute doch gar nicht."

„Na und? Die mich doch auch nicht. Und ich will die alle auch gar nicht kennen. Hast du eine Ahnung, was sich da für seltsame Gestalten im Netz herumtreiben? Da wird einem schlecht."

„Ja, Leute wie du."

„Rosi, das verstehst du nicht."

„Erkläre es mir."

„Bringt nix! Da könnte ich es eher einem Kanarienvogel erklären."

„Versuch´s."

„Okay, wenn du drauf bestehst, wieder mal an die Grenzen des für dich kognitiv Machbaren geführt zu werden."

„Ich bestehe darauf."

„Na gut. Hinter meiner Facebook-Nutzung steckt quasi gewissermaßen sozusagen eine geniale Werbestrategie."

„Geniale Werbestrategie?"

„Jawoll!"

„Lass mal das Salutieren, Ingo. Wir sind hier nicht beim Bund."

„Sorry, ist so ´ne Eigenart von mir."

„Vollpfosten! Wie funktioniert diese Werbestrategie denn nun?"

„Ganz einfach! Ich sammele Tausende von Internetbekannten und versorge sie regelmäßig mit Infos über meine Bücher. Und die teilen die Infos wiederum mit ihren Freunden. Du kannst dir nicht vorstellen, wie viele Menschen man mit einer einzigen Nachricht erreichen kann."

„Ich habe es gemerkt, als uns die Swinger die Tür eintreten wollten."

„Da siehst du es."

„Aber wirklich gebracht hat das bisher noch nichts, oder?"

„Kann man so nicht sagen. Erfolg lässt sich nur nicht immer in Zahlen ausdrücken. Für mich steht fest, dass ich ein Gewinner bin."

„Du hast mit deinen Veröffentlichungen doch noch nichts erreicht."

„Wahre Gewinner vergleichen ihre Leistungen und Erfolge mit ihren Zielen, während Verlierer ihre Leistungen stets mit denen anderer Leute vergleichen."

„Aber es ist doch richtig, dass du von deinen Büchern noch keine zwanzig Stück verkauft hast, oder liege ich da falsch?"

„Aber diejenigen, die sie gelesen haben, fanden sie supergenial und irre komisch. Und das war mein Ziel."

„Woher weißt du das?"

„Dass das mein Ziel war?"

„Nein, dass Leute deine Bücher supergenial und irre komisch fanden."

„Haben sie mir geschrieben."

„Geschrieben? Wie? Hast du Fanpost bekommen?"

„Kann man so sagen. Von über zweihundert Lesern."

„Richtige Fanpost? So mit Papier, Briefmarke und Stempel?"

„So nun auch nicht."

„Wie dann?"

„Sie haben`s halt gepostet – im Internet."

„Du meinst dieses Medium, in dem nur gelogen und betrogen wird?"

„Manchmal stimmen die Dinge da ja auch."

„Klingt einleuchtend, Ingo. Du hast von deinen Büchern insgesamt keine zwanzig Exemplare verkauft, bekommst aber positive Resonanzen von über zweihundert Menschen. Sag mal, merkst du noch was?"

XXX

„Ist dir bekannt, wie man einen übergewichtigen Veganer nennt, Rosi?"

„Nein, aber du wirst es mir bestimmt gleich verraten."

„Biotonne."

„Sehr witzig."

„Du fabrizierst diese grausige Pampe also, weil irgendwelche Hirnis, die es gewohnt sind, regelmäßig ins Gras zu beißen, im Internet schreiben, dass das gesund ist?"

„Richtig."

„Schon mal daran gedacht, dass das Menschenhasser sein könnten?"

„Menschenhasser?"

„Ja! Kranke Seelen, die mit ihrem Leben nicht zurechtkommen, der gesamten Welt dafür die Schuld geben und ihren Mitmenschen nun Dinge raten, die anschließend schlecht für sie sind. So rächen sich diese Leute für das Unglück, das sie selbst ertragen müssen."

„Ingo, die vegane Ernährung ist wirklich gesund. Da gibt es sogar wissenschaftliche Untersuchungen drüber."

„Wer hat die denn durchgeführt? Doktor Frankenstein? Das alles klingt ohne Schnitzel, Gulasch und Steaks doch ziemlich ungesund."

„Das liegt daran, dass du dein Denken erst völlig ändern musst, um das zu begreifen."

„Das war bei dir bestimmt nicht schwer. Viel gedacht hast du noch nie."

„Von mir aus kannst du so lange lästern, bis Angela Merkel Germanys next Topmodel wird. Ich probiere das auf jeden Fall aus."

„Hast du mal an die Nebenwirkungen dieser Ernährung gedacht?"

„Welche Nebenwirkungen?"

„Grünliche Gesichts-, Haut- und Zahnverfärbung. Und der ständige Drang danach, sich zur Sonne zu drehen."

„Wenn du dich reden hören könntest."

„Ich weiß genau, was ich sage. Aber dir ist scheinbar nicht bekannt, was das für Leute sind, die sich … vegan ernähren."

„Was sind das denn für Leute?"

„Komische, die ihre Wurst beim Gärtner kaufen. So alternative Gesundheitsfreaks, die nicht rauchen, keinen Alkohol trinken, für den Weltfrieden beten, Sport treiben und ständig Ausflüge mit ihren Kindern unternehmen. Halt Individuen, die man häufig in Bioläden antrifft."

„Du warst in deinem ganzen Leben doch noch nie im Bioladen."

„Weil ich auch keine Lust auf diese komischen Leute habe. Die essen meinem Essen nämlich permanent das Essen weg. Außerdem sind die immer so überfreundlich, nett und gut zueinander."

„Im Gegensatz zu dir."

„Quatsch nicht! In diesen Läden ist es außerdem schweineteuer."

„Gar nicht."

„Wohl! Liest man immer wieder."

„Wo?"

„Oh, du heiliger Gammelhammel! Zum Beispiel im … Internet."

„Ich dachte, du hältst nichts vom Internet."

„Halt die Gosch, sonst verklebe ich sie dir mir der Pampe da. Muss die eigentlich so komisch blubbern, riechen und leuchten?"

„Ingo, du hast überhaupt keine Ahnung."

„Die Sachen im Bioladen sind auf jeden Fall teurer als im Discounter."

„Natürlich sind die Sachen im Bioladen ein wenig teurer."

„Also doch!"

„Aber dafür haben sie auch eine höhere Qualität."

„Wer sagt das?"

„Die im Internet."

„Das Internet ist Scheiße, schon vergessen? Du wirst zumindest nie in so einem Sekten-Laden einkaufen."

„Sekten-Laden?"

„Ja, deren Gehirnwäsche-Methoden gleichen denen von Scientology doch total. Die machen dir weis, dass die Klamotten, die du bei denen kaufen kannst, gesünder und reiner sind als anderswo. Und anschließend ziehen sie dir dein Geld aus der Tasche. Aber das ist dir ja wurscht."

„Laberst du einen Blödsinn, Ingo Rosenberg-Bratz."

„Tut mir leid, aber zum Schweigen fehlen mir die Worte. Die machen das übrigens, weil sie die Weltherrschaft im Visier haben und möchten, dass es in zwanzig Jahren überall nur noch gigantische Bioläden gibt. Die wollen alle kleinen Discounter, Tante-Emma-Supermärkte und Familien-Lebensmittelketten zersprengen und zerstören. Ich finde wirklich, dass die Regierung, der Verfassungsschutz und der BND die mal schön unter Beobachtung stellen sollten."

„Du bist also nicht bereit, etwas mehr Geld für hochwertigere Lebensmittel auszugeben?"

„Wer sagt denn, dass die hochwertiger sind? Doch höchstens die Bioladenbesitzer. Ich finde, wir ernähren uns super."

„Du gibst deine Kohle also lieber für Fastfood, ewig haltbare Konserven und medikamentenverseuchtes, mariniertes Billigfleisch aus?"

„Jawoll! Erkläre mir doch mal, wo der Sinn darin besteht, wenn sie Obst aus Südamerika oder Neuseeland zu uns rüberschiffen, zehntausende Liter von Diesel verschwenden, die Weltmeere verseuchen…"

„In diesem Punkt gebe ich dir sogar recht, Ingo. Ich würde natürlich darauf achten, nur Produkte hier aus der Region zu kaufen."

„Aber teurer wird die Ernährung dennoch, oder irre ich mich da?"

„Da irrst du dich. Wir sparen ja das Geld für das Fleisch."

„Du gehst von einem völlig falschen Denkansatz aus. Der Mensch hat die Spitze der Nahrungskette doch nicht erklommen, um jetzt wieder ausschließlich Grünzeug zu futtern."

„Du musst die Sache ja nicht mitmachen. Und die Kinder auch nicht."

„Machst du das Ganze eigentlich aus Liebe zu den Tieren?"

„Nein, aus Hass zu den Pflanzen."

„Hä?"

„War nur ein blöder Veganer-Witz. Ich tu es aus Liebe zu mir selbst."

„Bist wohl auch eine, die ihr Leben sehr persönlich nimmt, was?"

„Ich will einfach nicht mehr so viele Gifte zu mir nehmen. Außerdem möchte ich mit einem besseren Gewissen essen. Weißt du, wie viel Energie nötig ist, um ein Kilo Schweinefleisch zu produzieren?"

„Nö! Mit mir spricht ja keiner."

„Und weißt du, dass die jeden Tag riesige Flächen in den Regenwäldern abholzen, um Weideland für Rinder entstehen zu lassen?"

„Hast du eine Ahnung, wie viele Quadratkilometer Regenwald ich alleine durch meine Sauferei schon gerettet habe?"

„Durch deine Sauferei?"

„Sagen sie doch immer in der Werbung: Pro Kiste Bier retten die einen Quadratmeter Regenwald."

„Du glaubst auch alles, was?"

„Hat der Jauch im Fernsehen gesagt. Dem vertraue ich."

„Hast du dir im Fernsehen denn auch mal angesehen, wie Masttiere leben? Sie vegetieren unter unwürdigen Bedingungen in verschmutzten Ställen ohne Sonnenlicht, frische Luft, Freude und Liebe."

„Da geht's denen wie mir, und da kümmert sich auch keine Sau drum."

„Hast du dich jemals gefragt, wie sich so ein Mastschwein fühlt?"

„Nö, es hat sich aber auch noch nie ein Mastschwein bei mir erkundigt, wie ich mich so fühle. Außerdem wissen wir gar nicht, was Masttiere empfinden. Vielleicht gefällt ihnen ihr Leben."

„Es ist ja auch toll, von brutalen Menschen gequält, nur um anschließend von ihnen auch noch getötet und verspeist zu werden."

„Aber sie merken es doch gar nicht, wenn wir sie essen."

„Macht das die Sache besser?"

„Ach, keine Ahnung! Zumindest werde ich in Zukunft nicht auf Fleisch verzichten. Da verzichte ich lieber auf Sex. Oder heißt das bei euch Veganern Bestäubung?"

„Von mir aus können wir auch auf beides verzichten, Ingo."

„Weil du ab jetzt eh nicht mehr zugeben darfst, dass du Fleischeslust empfindest. Ach, wo wir gerade beim Thema Liebe sind: Dürfen Veganer eigentlich Schmetterlinge im Bauch haben?"

XXX

„Lass uns mal über Bio-Fleisch von glücklichen Tieren mit hübschem Dach überm Kopf, WDR 4 im Stall und großem Vorgarten quatschen. Wäre das für dich okay?"

„Ingo! Die Tiere, die wir essen, sind nicht glücklich. Sie sind tot. Und sie sind nur gestorben, damit du dein Schnitzel auf dem Teller hast."

„Wie sieht es denn in Zukunft mit Fruchtfleisch in Säften, Blutorangen und fleischfressenden Pflanzen aus?"

„Scherzkeks."

„Und bringst du uns auch Tofu ins Haus?"

„Vielleicht."

„Du weißt schon, wie gegrillter Tofu am besten schmeckt?"

„Wie denn?"

„Indem man ihn drei Minuten vor dem Garende durch ein Rinderfilet ersetzt."

„Hahaha!"

„Weißt du, warum ich Fleisch esse, Rosi? Weil mir Tofu so leid tut."

„Wenn du damit fertig bist, dich über deine eigenen Witze kaputtzulachen, könntest du schon mal den Tisch decken."

„Ich nehme an, wir brauchen sehr tiefe und große Tröge."

„Richtig geraten. Und vergiss die Löffel nicht."

„Löffel? Bei deiner Solidarität mit den Tieren dachte ich jetzt echt, wir würden direkt aus der Schale schlabbern. Wie lange willst du dein Experiment denn durchführen? Zwei, drei Tage?"

„Quatschkopf! Mindestens einen Monat."

„Mach, was du willst. Machst ja sonst nichts."

„Es gibt neben den gesundheitlichen, moralischen und ökologischen Aspekten übrigens noch weitere Vorteile."

„Jetzt bin ich aber gespannt wie ein Flitzebogen."

„Es ist bekannt, dass die Geruchs- und Geschmacksnerven durch eine bewusstere und gesündere Ernährung sensibilisiert und neu ausgerichtet werden. Die sind doch oftmals nur noch Chemie, Geschmacksverstärker und Zusatzstoffe gewohnt."

„Das bringt in der Tat eine völlig neue Lebensqualität mit sich. Ich stelle mir nur gerade vor, wie ein Veganer die von Carmen Thomas vielgepriesene Eigenurintherapie durchführt. Vor allem nach dem Genuss von frischem Spargel. Mann, werden dem Glücklichen die Geschmacksnerven im Mund explodieren."

„Du bist ekelhaft."

„Bin ich nicht. Aber weißt du was? Mach deine Erfahrungen und werde glücklich. Aber lass mich mit dem Mist in Ruhe."

„Du redest schon wie meine Mutter. Die hat eben am Telefon ähnlich geklungen wie du."

„Deine Mutter ist eine kluge Frau, Rosi."

„Ich dachte, du hasst sie?"

„Kann man nicht auch kluge Menschen hassen?"

„Zumindest meinte sie vor einer Stunde, dass sie genau wisse, bei wem sie in der nächsten Zeit nicht mehr zum Essen vorbeischaut."

„Der alte Drache will Sonntagmittags nicht mehr zum Fauchen, Stänkern und Meckern kommen?"

„Nicht, solange ich vegan koche. Ist ihr zu alternativ. Sie findet, dass bei ordentlichen Leuten am Sonntag ein Braten auf den Tisch gehört."

„Und das meint sie ernst?"

„Das mit dem Braten?"

„Nein, das ist ja auch meine Meinung. Ich meine, dass sie nicht mehr zum Essen kommt."

„Todernst! Du kennst meine Mutter. In solchen Dingen ist die hart."

„Okay, wir machen einen Deal. Ich unterstütze dich während der nächsten Monate bei deiner kosmischen Selbstfindungsaktion, und du meckerst nicht mehr über meine Bücher."

„Von mir aus."

„Und außerdem versprichst du, dass du mir während dieser Zeit deine Mutter vom Hals hältst, okay?"

„Ich tu, was ich kann."

„Klasse! Aber eine Frage hätte ich noch."

„Ja?"

„Warum bist du nicht schon viel früher auf diese geniale Idee gekommen? Im Internet kann man die Argumente für eine bewusstere und fleischlose Ernährung doch schon seit Jahren nachlesen."

„Wie jetzt?"

„Denk doch mal an die vielen schönen und ruhigen Sonntage, die uns durch dein zögerliches Handeln durch die Lappen gegangen sind."

„Entschuldige."

„Nee du! So einfach kommst du mir damit jetzt aber nicht davon. Da werden wir nochmal drüber reden müssen."

„Wenn du meinst. Aber jetzt ruf die Kinder. Das Essen ist fertig."

Eine Rose ist noch lange keine Rose

Ich betrat den Blumenladen, nahm noch einen letzten Zug von meiner Zigarette, blies den Rauch in Richtung Zimmerdecke und warf die Kippe anschließend in einen Eimer mit Tulpen aus Amsterdam. Dann stand ich auch schon vor der Verkäuferin; einer beleibten, äußerst unansehnlichen Mitzwanzigerin mit grüner Schürze, Leberflecken an Kinn und Nase und glänzender Zahnspange. Sie glich insgesamt mehr einem misslungenen Genversuch denn einem Homo Sapiens.

„Guten Tag, der Herr", nuschelte sie mit einer Stimme, die perfekt zu ihrer äußeren Erscheinung passte. „Sie wünschen?"

Dass du dir eine Plastiktüte über den Kopf ziehst, um die Menschheit nicht permanent mit deiner Horror-Visage zu schocken, dachte ich grinsend. Ich riss mich jedoch am Riemen, atmete durch und antwortete: „Tach auch! Ich hätte gerne eine Rose. Kann auch von gestern sein."

„Von gestern? Was soll das denn heißen?"

„Na, dass sie ruhig von gestern sein kann. Ich will damit nur sagen, dass sie nicht unbedingt so ganz frisch sein muss." Die Angesprochene schaffte das Unmögliche und ließ ihr Gesicht noch unattraktiver wirken.

„Da sehe ich ein Problem, denn unsere Blumen sind allesamt frisch."

„Dann geben Sie mir halt eine, die schon ein wenig verwelkt ist."

„Verwelkt? Warum?"

„Soll ein Geburtstagsgeschenk sein. Für meine Frau. Da würde eine taufrische und makellose Rose einfach nicht passen."

„Aber unsere Rosen sind alle taufrisch und makellos. Ich kann Ihnen ja schließlich jetzt keine aus dem Müll holen, oder?"

„Warum denn nicht?"

„Weil man das einfach nicht macht. Wir haben einen Ruf zu verlieren."

„Einen Ruf?"

„Natürlich! Unser Name steht seit Jahrzehnten für Frische und Qualität."

„Also nicht für Kundenzufriedenheit?"

„Doch, natürlich auch für Kundenzufriedenheit."

„Aber mich wollen Sie nicht zufriedenstellen?"

„Natürlich will ich Sie zufriedenstellen."

„Dann geben Sie mir doch einfach eine Rose, die schon ein bisschen verwelkt ist."

„Nein!"

„Nein?"

30

„Ja!"

„Was denn jetzt? Nein oder ja?"

„Ja, nein!"

„Aber warum denn nicht? Ich würd´s auch keinem verraten. Großes Indianerehrenwort!"

„Darum geht´s nicht."

„Worum geht's dann? Ich würde meinen Willen bekommen, und Ihr Ruf würde nicht beschädigt."

„Ganz einfach: Wir haben keine verwelkten Rosen."

„Erzählen Sie mir doch nichts vom Ackergaul. Rosen sind Naturprodukte. Da wird sich doch wohl eine finden lassen, die nicht mehr so ganz astrein ist."

„Nicht in unserem Laden."

„Soll ich Ihnen mal was sagen? Das ist ein Scheißladen hier. Einer von der ganz üblen Sorte. Und dazu kommt, dass Sie mehr als hässlich sind. Ja, sogar potthässlich. Sie sehen aus, wie ein verkleideter LKW-Fahrer."

„Das geht mir jetzt aber zu weit. Sie können doch nicht einfach so sagen, dass das hier ein Scheißladen ist."

„Sie haben doch gehört, dass ich das kann. Und ich kann es sogar nochmal wiederholen: Scheißladen, Scheißladen, Scheißladen!"

„Ich denke, es wäre besser, wenn Sie das Geschäft jetzt verlassen würden. Wir kommen nämlich gemeinsam auf keinen grünen Zweig."

„Warum?"

„Weil ich Ihre Wünsche anscheinend nicht befriedigen kann."

„Doch!"

„Nein!"

„Sie müssen mir nur eine verwelkte Rose verkaufen."

„Aber wenn ich doch keine habe."

XXX

Ich legte den Kopf schräg, überlegte und spielte dabei unbewusst an meinem Pferdeschwanz herum. Gut, diese Person war es wert, dass ihr mal so richtig von jemandem der Marsch geblasen wurde. Auf der anderen Seite war ich jedoch stets ein überaus sensibler und friedliebender Mensch gewesen, so dass ich mich als der Vernünftigere zeigte.

„Gut, dann geben Sie mir halt eine frische Rose."

„Na endlich!" Das Mondkalb wirkte ehrlich erleichtert.

„Es wäre aber schön, wenn Sie vorher ein paar Blätter von dem Ding abreißen könnten." Sie stutzte und erstarrte augenblicklich zur Salzsäule.

„Blätter abreißen?"

„Sagen Sie mal, spreche ich irgendwie undeutlich oder habe ich ´ne Kiste Apfelsinen im Mund? Ja, Blätter abreißen."

„Warum?"

„Sie stellen aber komische Fragen. Weil die Rose ein Geschenk für meine Frau sein soll. Und weil sie dann billiger ist."

„Billiger? Wie kommen Sie denn da drauf?"

„Weil sie doch beschädigt ist."

„Aber sie ist doch gar nicht beschädigt."

„Wohl, zumindest, wenn einige Blätter fehlen."

„Aber es fehlen doch gar keine."

„Und wenn ich Sie darum bitten würde?"

„Nein!"

„Nein? Aber warum denn nicht?"

„Ganz einfach: Wir verkaufen hier nur Qualität. Es passt nicht zu unserer Firmenphilosophie, dass wir zerstörte und zerpflückte Ware anbieten."

„Auch nicht, wenn Sie der Kunde darum bittet?"

„Auch dann nicht."

„Du heiliger Gammelhammel! Und warum?"

„Weil das halt so ist. Ein Metzger würde einem Kunden ja auch kein vergammeltes Fleisch verkaufen, selbst wenn dieser darauf bestehen sollte."

Ich atmete tief durch. Ganz, ganz langsam ging mir die schäbige Nuss gehörig auf den Senkel.

„Das ist auch was anderes", antwortete ich mit einer Ruhe, die mich innerlich selbst mehr als beruhigte. „Fleisch ist zum Essen da. Rosen hingegen sind nur zum Verschenken und zum irgendwo Hinstellen."

„Egal, auf jeden Fall verkaufe ich Ihnen keine zerstörte Pflanze."

„Und wenn ich die Blätter selbst abreiße?"

„Was Sie mit dem Produkt nach dem Kauf anstellen, bleibt Ihnen natürlich selbst überlassen."

„Wird die Rose denn dadurch billiger?"

„Warum sollte sie?"

„Na, weil sie doch dann quasi gewissermaßen sozusagen nicht mehr komplett ist."

„Ich sagte ja, dass es Ihre Entscheidung ist, was Sie mit Ihrer Rose anstellen."

„Und wenn ich Ihnen die Blätter zurück in den Laden bringe?"

„Was soll dann sein?"

„Bekomme ich dann etwas Geld zurück?"

„Natürlich nicht."

„Sie sind aber wirklich nicht sehr kundenfreundlich, das muss ich schon sagen."

„Natürlich sind wir kundenfreundlich. Bisher hat sich auf jeden Fall noch nie jemand über uns beschwert."

„Irgendwann ist immer das erste Mal."

„Gut, dann gehen Sie halt raus in die Welt, beschweren sich und verkünden das Ihnen zuteil gewordene Unrecht."

„Sie werden es nicht glauben, doch genau das werde ich jetzt auch tun. Ich werde allen Leuten erzählen, was das hier für ein Scheißladen ist – und wie hässlich Sie sind. Ich sage Ihnen: Die Menschen werden Ihr Geschäft in Zukunft meiden wie ein Politiker die Wahrheit und der Teufel das Weihwasser."

„Und, was wollen Sie den Leuten erzählen? Dass wir unseren Kunden keine verwelkten, zerstückelten Rosen verkaufen?"

„Genau."

„Und damit denken Sie, uns zu schaden?"

„Logisch."

„Warum?"

„Na, weil das nicht kundenfreundlich ist."

„Tun Sie, was Sie tun müssen. Kann ich Ihnen sonst noch irgendwie behilflich sein? Ich habe heute nämlich noch einen Termin bei einem Schönheitschirurgen."

Ich schloss für eine Minute die Augen und dachte angestrengt nach. Mann, die Kleine hatte echt Schneid. Und auf den Mund gefallen war sie auch nicht. Vielleicht wären wir in einem anderen Leben sogar Kumpels geworden. Ich hob den Blick und antwortete:

„Ja."

„Und was?"

„Geben Sie mir zum Henker nochmal einfach so eine blöde Rose – so eine frische mit Blättern dran."

„Eine frische Rose mit Blättern dran?"

„Jawoll!"

„Auf einmal?"

„Jawoll!"

„Und was hat Sie so plötzlich zu diesem Sinneswandel bewogen?"

„Keine Ahnung! Mir ist nur eben eingefallen, dass ich das Ding ja erst morgen verschenken muss. Wenn ich die Blume bis dahin ohne Wasser direkt hinter der Windschutzscheibe meines Kadetts in der Sonne liegen lasse, sieht sie morgen so aus, wie ich sie haben möchte."

„Wie gesagt: Was Sie mit der Pflanze machen, ist Ihre Sache."

Die Verkäuferin nahm eine Rose aus einem Eimer und wirbelte sie wie ein brennendes Schwert durch die Luft.

„Diese hier?"

„Warum nicht die?"

„Weil Sie vielleicht eine andere haben möchten."

„Sehe ich so aus, als würde ich tatsächlich Wert darauf legen, eine bestimmte Blume zu bekommen?"

„Ich wollte nur gefragt haben. Einpacken?"

„Von mir aus."

„Papier oder Folie?"

„Mir doch egal! Machen Sie einfach das, was Sie schöner finden. Aber wickeln Sie keinen Draht drum herum." Sie lächelte und zeigte mir ihre Spange.

„Noch etwas Grün dabei?"

„Ich will eine popelige Rose verschenken, keine verdammte Blumenwiese mit Kühen und Schafen drauf."

„Ich wollte nur gefragt haben."

„Haben Sie ja jetzt. Es wäre schön, wenn Sie sich ein wenig beeilen könnten. Ich stehe im Parkhaus, und da wird im Zehn-Minuten-Takt abgerechnet."

Die Floristin schlug die Rose in knisternde Folie, versah das Ganze mit einer blauen Schleife, legte sie auf die Theke und tippte etwas in ihre Kasse ein.

„Macht vier Euro."

„Vier Euro? Sagen Sie mal, haben Sie als Kind zu oft in kochender Hühnerbrühe gebadet? Ich wollte eine beschissene Rose kaufen, nicht Ihren kompletten Laden."

„Das ist aber der Preis für eine Rose mit Folie und Schleife."

„Wieso? Was kosten denn Folie und Schleife?"

„Einen Euro."

„Einen Euro? Dann machen Sie die bescheuerte Schleife halt wieder ab."

„Der Preis würde sich dadurch aber nicht verändern."

„Gut, entfernen Sie auch noch die Folie."

„Was den Betrag auch nicht senken würde."

„Warum?"

„Weil die Folie anschließend total zerknittert ist."

„Na und? Ich will sie doch auch gar nicht mehr haben. Mir doch egal, wenn sie zerknittert hier bei Ihnen rumliegt und Staub ansetzt."

„Mir aber nicht. Ich kann sie dann nämlich nicht mehr verkaufen."

„Warum nicht? Sie ist doch noch ganz."

„Aber eben völlig zerknittert. Die kann ich doch keinem anderen Kunden mehr zumuten."

„Aber mir schon, was?"

„Jetzt ist sie ja auch noch nicht zerknittert."

„Das wäre auch noch schöner, so schweineteuer wie die ist."

„Wenn ich mich recht erinnere, haben Sie mir bei der Verpackung freie Hand gelassen."

„Klar, dass Sie sich in diesem Augenblick natürlich für die teuerste Variante entschieden haben."

„Ich habe mich nicht für die teuerste Variante entschieden, sondern für die schönste und hochwertigste. Qualität hat eben ihren Preis."

„Aber wenn ich diese Qualität doch gar nicht haben will."

„Dann sollten Sie vielleicht dorthin gehen, wo man nicht so viel Wert auf Qualität, Schönheit und Ästhetik legt."

„Das werde ich jetzt auch tun, Sie Hexe. Schönen Tag noch."

„Ihnen auch. Und überlegen Sie in Zukunft etwas mehr, bevor Sie einen Verkäufer für geschlagene zehn Minuten in Beschlag nehmen und anschließend nichts kaufen."

„Womit wir wieder beim Thema Kundenfreundlichkeit wären."

Ich drehte auf dem Absatz um und wollte mich schon der Ladentür zuwenden, als mir noch etwas einfiel.

„Wären Sie wohl so nett, mir mein Ticket fürs Parkhaus zu lochen? Dann wird die Sache für mich billiger."

„Gerne, wenn Sie die Rose kaufen."

„Warum?"

„Weil wir die Tickets nur für Kunden lochen."

„Aber ich bin doch ein Kunde."

„Nein, denn Sie haben nichts gekauft."

„Ach, man wird bei Ihnen nur als Kunde bezeichnet, wenn man etwas kauft?"

„Nicht zwingend. Aber bei Ihnen mache ich eine Ausnahme."

„Na großartig. Also sind Sie doch nur profitorientiert."

„Nicht ausschließlich, doch auch ich muss sehen, dass der Laden läuft."

„Aber es würde Sie doch überhaupt nichts kosten, mir eben diese beknackte Karte zu lochen."

„Da gebe ich Ihnen recht, aber ich habe meine Prinzipien."

„Ach, die feine Dame hat ihre Prinzipien. Und wie sehen die aus?"

„Eine Hand wäscht die andere, und jeder tut dem anderen gut."

„Oh Gott, so eine dumme Pfadfindermentalität. Jetzt geben Sie sich einen Ruck und lochen mir meine Scheißkarte."

„Mach ich! Nachdem Sie Ihre Rose bezahlt haben."

„Das ist Erpressung, dafür könnte ich Sie anzeigen."

„Tun Sie das. Zur Polizei müssen Sie nur der Hauptstraße folgen und an der nächsten Ampel rechts abbiegen."

„Wollen Sie mich verarschen?"

„Sehe ich so aus?"

„Dazu sage ich jetzt lieber nichts, sonst bin ich es noch, der sich am Ende strafbar macht."

Die Verkäuferin sah mich mit einem unglaublich starren Blick an.

„Lieber Herr. Ich glaube, es wäre jetzt für Sie wirklich an der Zeit, die Szenerie zu verlassen. In Ihrem Alter sollte man eigentlich wissen, wann man den Bogen überspannt hat und wann man unerwünscht ist."

Ich nickte eine gefühlte Ewigkeit vor mich hin, nestelte wie beiläufig an meiner Jacke herum und zog die Zigarettenpackung heraus.

„Darf ich hier qualmen?"

„Natürlich! Aber nur, wenn ich Sie anzünden darf, um anschließend zu beobachten, wie Sie verbrennen."

„Hä?"

„Sie haben mich schon richtig verstanden. Würden Sie in Flammen aufgehen, und ich hätte Wasser – ich würde es trinken."

Mann, dachte ich erneut. Die Kleine hat mehr Klasse als sie verdient.

„Okay!", raunte ich schließlich. „Ich liege also richtig, wenn ich behaupte, dass ich erst diese olle Blume bezahlen muss, um von Ihnen meine Parkhauskarte gelocht zu bekommen?"

„Richtig!"

„Na gut, Sie Biest. Sie haben gewonnen! Dann nehme ich das Scheißding halt. Wenn dafür das Parken gratis ist."

Ich kramte mein Kleingeld aus der Tasche, zählte die letzten vier Euro ab und knallte meiner Bezwingerin die Münzen auf die Theke.

„Hier, werden Sie glücklich damit."

„Vielen Dank, der Herr."

Sie ließ das Geld in ihrer Kasse verschwinden und beugte sich hinunter, um unter die Arbeitsplatte zu sehen. Nach einiger Zeit kam ihr Halloween-Gesicht wieder zum Vorschein.

„Das ist aber blöd jetzt."

„Was denn?"

„Ich finde die Lochzange nicht." War das nun Spott oder Gehässigkeit in ihrem Blick? Zumindest war es eindeutig kein Bedauern.

„Dann suchen Sie halt weiter, Sie garstiges Geschöpf und missmutige Laune der Natur. Ich helfe Ihnen auch auf, sollte Sie Ihr enormes Gewicht beim nächsten Bückvorgang unbarmherzig in die Tiefe und somit auf den Fußboden ziehen."

„Tu ich ja. Normalerweise liegt sie immer direkt unter der Anrichte."

„Dann liegt sie wahrscheinlich jetzt woanders."

„Wahrscheinlich."

Als die taffe Floristin die Zange auch fünf Minuten später noch nicht gefunden hatte, verwandelte sich meine bis zu diesem Augenblick vorhandene Glückseligkeit in Hass.

„Na, Sie wohlriechende Sumpfdotterblume. Wie sieht´s aus? Haben wir das Ding bald, oder soll ich nächsten Monat nochmal wiederkommen?"

„Wie es ausschaut, ist das vielleicht gar keine so schlechte Idee. Ich kann sie einfach nicht finden. Warten Sie mal einen Moment."

Sie griff nach ihrem Mobiltelefon, wählte eine Nummer und hielt sich das Gerät ans fleischige Ohr.

„Hallo Adele, ich bin`s. Sag mal, wo ist denn die Lochzange für die Parktickets hingekommen?"

Die Verkäuferin lauschte angestrengt, und mir war es, als hörte ich eine extrem hohe Frauenstimme aus dem Hörer heraus. Schließlich beendete mein schreckliches Gegenüber das Gespräch und sah mich mit einem nicht näher definierbaren Gesichtsausdruck an.

„Es tut mir leid. Die Zange ist weg."

„Wie weg?"

„Na, weg! Ist wohl vor einer Woche kaputtgegangen, und die von der Werbegemeinschaft sind gekommen und haben sie abgeholt, um sie zu reparieren."

„Mein Gott! Wäre der heutige Tag ein gerade geangelter Fisch, ich würd ihn glatt wieder zurück ins Wasser werfen. Und nun?"

„Nun kann ich Ihnen Ihre Karte nicht lochen."

„Wie, Sie können mir meine Karte nicht lochen?"

„Genau das sagte ich."

„Und nun?"

„Nun kann ich Ihnen Ihre Karte nicht lochen."

„Das glaube ich jetzt nicht. Sie werden es mit Ihrem Spatzenhirn doch gebacken kriegen, mir so ein dummes Loch in die Karte zu stanzen. Das kann ja wohl nicht so schwer sein."

„Das würde ich so nicht sagen. Es ist wichtig, dass das Loch genau die richtige Größe hat und an der korrekten Stelle ist. Sonst kann es von dem Lesegerät im Parkscheinautomat nicht verarbeitet werden. Ich sage Ihnen: Ohne diese spezielle Zange ist das nicht möglich."

„Sie machen Scherze."

„Durchaus nicht. Wird die Lochung nicht vorschriftsgemäß durchgeführt, wertet der Automat das als Fälschung."

„Als Fälschung?"

„Richtig! Und dann kostet Sie der ganze Spaß direkt 50 Euro."

„Sagen Sie mal, wollen Sie mich auf den Arm nehmen, Sie seltsames Etwas?"

„Keineswegs. Ich sage Ihnen nur, wie es ist."

„Gut, dann möchte ich die Rose wieder umtauschen."

„Wie jetzt?"

„Na, ich will die Scheißblume zurückgeben. Mir ist eben nämlich zufällig aufgefallen, dass ich viel zu wenig Geld dabei habe. Ich dachte, ich stelle meinen Wagen für ein paar Minuten ins Parkhaus, springe kurz in Ihren Laden, hole mir für ein, zwei Euro ´ne Scheißrose, lasse mir schön die Karte durchlochen und bin auch schon wieder draußen."

„Tja, das ist wohl blöd für Sie gelaufen, was?"

„Was Sie nicht sagen. Okay, wenn Sie mir bitte meine vier Euro wiedergeben würden."

„Nix da!"

„Wie bitte?"

„Nix da! Einmal gekaufte Schnittblumen können nicht umgetauscht oder zurückgegeben werden. Steht aber auch dort an der Wand."

Sie wies mit ihren trüben Augen auf ein weißes Schild hinter sich, auf dem der soeben geschilderte Sachverhalt tatsächlich ordnungsgemäß in schwarzen Lettern abgedruckt war.

„Wenn Sie mir nicht augenblicklich mein Geld zurückgeben, ziehe ich Ihnen Ihren Scheißladen auf links, da können Sie sich aber drauf verlassen."

„Was die Sache für Sie im Endeffekt nur noch teurer machen würde."

In diesem Augenblick erfasste mich plötzlich ein nie gekannter Gefühlseintopf aus Wut, Mordlust und Ohnmacht. Ich schlug die in Folie verpackte Blume so heftig auf die Theke, dass die Blätter und Knospen wie verirrte Gewehrkugeln durch die Luft schossen, und das Geschenk für meine Frau anschließend aussah, wie ein billiges, windschiefes und krummes Hauszeltgestänge nach einem Orkan.

„Ich will ja nicht in Abrede stellen, dass es Ihnen jetzt besser geht. Aber wirklich weitergeholfen hat Ihnen diese Aktion nicht, oder?"

„Haben Sie eine Ahnung, Sie arrogantes, selbstverliebtes Monster!", bellte ich leidenschaftlich, warf meinen anmutigen Kopf zurück und klemmte mir das traurige Schnittblumengerippe unter den Arm. „Ich habe zwar noch keinen blassen Schimmer, wie ich gleich meine Parkhausrechnung bezahlen soll, dafür sieht diese Scheißrose jetzt aber endlich so aus, wie ich sie von vornherein haben wollte. Auf Nimmerwiedersehen, Sie herzloser Unmensch!"

„Ihnen auch noch einen schönen Tag", erwiderte die Floristin lächelnd. „Es ist immer wieder erfrischend, wenn Kunden unser Geschäft zufrieden und glücklich verlassen. Und noch was: Empfehlen Sie uns weiter!"

„Vorher tanzt der Papst in lederner Unterwäsche und Schlittschuhen in einer eingefrorenen Hölle mit Britney Spears Lambada auf dem Eis!", blaffte ich noch im Hinausgehen.

„Der Papst muss tun, was er tun muss. Hauptsache, er kommt anschließend hierher, um die Blumen für seine Hochzeit bei uns zu kaufen. Auf Wiedersehen und viel Glück im Parkhaus."

Ein wirklich ruhiger Abend

Der Abend war wie eine Darmspiegelung, nur langweiliger und ereignisloser. Meine Ex-Verlobte und ich hatten uns vorgenommen, nach einem Tag ohne wirkliche Vorkommnisse, mal wieder einen Ruhigen zu machen. Weiß der Henker, wann wir zuletzt einen Lauten hatten.

Also schleppte ich wie ein andalusisches Maultier drei Raummeter Brennmaterial vom Holzlager ins Wohnzimmer, feuerte den Kamin an, breitete das muffige Echtleder-Büffelfell über unsere weiße Couch und stellte eine Schüssel mit Gemüse und geräuchertem Tofu auf den Tisch.

XXX

Unsere beiden Zöglinge schliefen seit ein paar Minuten auf ihren Strohlagern. Gut, wir hatten es mittlerweile weit nach Mitternacht, doch was konnte ich dafür, dass sie mit dem ersten Teil der „Rambo"-Reihe auf dem Zweitfernseher im Schlafzimmer erst gegen neun Uhr begonnen hatten? Mussten sich ja vorher unbedingt noch „Wickie", „KIKA LIVE" und „Dance Academy" ansehen. Da darf man sich nachher nicht beschweren, wenn`s mal ein bisschen später wird.

Habe ich denen gegen elf auch deutlich zu verstehen gegeben, als ich beobachtete, wie den Kleinen die rotgeweinten Augen immer wieder zufallen wollten, nachdem ich die Tür aus den Angeln getreten und zur Strafe sämtliche Chipstüten und Red Bull-Dosen an mich gerissen hatte.

Als ich das Schlafzimmer, vollbepackt und schwerfällig wie ein 7,5 Tonner, wieder verlassen wollte, beschwerte sich eines der Kinder.

„Papa, wir wollen nicht mehr."

„Was wollt ihr nicht mehr? Leben?"

„Den Film sehen. Der ist noch nichts für Kinder."

„Aber woher wisst ihr das? Habt ihr ihn denn schon komplett gesehen?"

„Nein, der ist jetzt schon nichts mehr für Kinder. Außerdem steht das auf der Hülle."

„Was steht auf der Hülle?"

„Dass der erst ab 16 ist."

„Blödsinn! Die haben sich beim Beschriften vertan."

„Warum?"

„Weil der eigentlich erst ab 18 ist."

„Noch schlimmer!"

„Keine Panik, war nur ein Scherz. Darüber hinaus könnt ihr das mit der Altersfreigabe gar nicht gelesen haben."

„Warum?"

„Weil ihr doch noch gar nicht lesen könnt."

„Doch Papa, wir sind schon groß."

„Ihr seid schon groß? Dann könnt ihr den Film auch sehen."

„Nein."

„Und warum nicht?"

„Da wird geschossen."

„Ach, die tun nur so."

„Die tun nur so?"

„Ja, das ist ein Film. Die schießen ausschließlich mit Platzpatronen."

„Aber da sterben Leute. Oder tun die auch nur so?"

„Nee, das ist echt."

„Was?"

„War schon wieder ein Scherz! Natürlich passiert da keinem etwas. Die Dreharbeiten zu „Rambo" waren sogar so friedlich, dass am Set mehrmals täglich Bastel-, Sing- und Bibelkreise veranstaltet wurden. Und zusätzlich haben sämtliche Filmleute während der Produktion noch nicht einmal Fleisch gegessen."

„Echt? So wie Mama?"

„Genau! Stallone, die Halunken und alle anderen Beteiligten ernährten sich wochenlang komplett vegan. Sogar die Hunde, die John Rambo im ersten Teil durch den Wald hetzen, fraßen davor und danach ausschließlich gedünsteten Broccoli."

„Aber der Film ist trotzdem blöd."

„Quatsch, der ist super! Und jetzt schaut ihr ihn gefälligst auch bis zum Ende. Nicht vorher groß rumtönen, wir wollen auch mal das sehen, was Papa immer guckt, und dann den Schwanz einziehen und einen auf kleine Mädchen machen. Jetzt benehmt euch mal wie richtige Jungs."

Heidi und Klara wollten erneut protestieren, doch ich unterband ihre Quengelei, indem ich die Lautstärke von „Rambo II" um exakt 75 Prozent nach oben korrigierte. Ich wundere mich bis heute, dass unsere Nachbarn bei dem ganzen Geballere, den Explosionen und den zahlreichen Schmerzensschreien nicht direkt die Polizei gerufen haben. Wahrscheinlich lag es daran, dass sie eben diese Art von Geräuschen aus unserer Wohnung zu dieser nächtlichen Stunde schon zu oft gehört hatten.

XXX

Im Wohnzimmer lief, im Gegensatz zum pädagogisch wertvollen Kinderprogramm, nur verblödender Mist für „*Frauentausch*"-Seher und Hauptschulabbrecher.

Meine Gattin, die seit geraumer Zeit das Nähen zu einem ihrer zahlreichen Hobbys zählte, hatte sich zu diesem Zeitpunkt bereits stundenlang an ihrem Klapprechner im Internet mit Schnittmustern und Nähanleitungen für Dinge beschäftigt, die absolut kein Mensch braucht, während ich mir gedankenverloren einen Wodka nach dem anderen einverleibte und mutterseelenallein ins trübe Nichts starrte.

Irgendwann sah ich doch mal besorgt zu meiner Rosi herüber. Es konnte ja schließlich nicht sein, dass eine Frau, die ansonsten den ganzen Tag ohne Punkt und Komma unsinniges Zeug vor sich hin brabbelte, nun schon seit Stunden keinen Ton mehr von sich gegeben hatte. Vielleicht war sie ja schon längst verstorben, ohne dass ich es bemerkt hatte.

„Was machst du eigentlich? Versuchst du, deinen Bildschirm zu hypnotisieren?"

„Nein, ich hab nur gerade eine Nähanleitung für *Tatütas* gefunden."

„*Tatütas*? Ach, du heiliger Gammelhammel! Ich wusste gar nicht, dass man heutzutage sogar schon Feuerwehrautos nähen kann."

„Du Spinner! Das sind Taschentüchertaschen."

„Und was macht man damit?"

„Man kann da allerhand Nützliches reintun."

„Was denn? Schrauben, Handys, Zigaretten oder Bohrmaschinen?"

„Nee, Taschentücher."

„Heißen die deshalb so?"

„Wie?"

„*Tatütas*."

„Keine Ahnung! Ich weiß doch nicht, warum sich die Frau, die sie entworfen hat, gerade diesen Namen ausgesucht hat."

„Vielleicht hat sie den Namen ja als so eine Art Abkürzung gemeint."

„Werde sie mal anschreiben. Die hat einen eigenen Blog."

„Gut, dann schreib sie an."

„Mach ich auch."

„Interessiert es dich eigentlich, was ich gerade so mache?"

„Hm."

„Ja oder nein?"

„Hm, ja."

„Ich langweile mich zu Tode."

„Ist doch auch nett."

„Ich glaube, mir ist gerade vom ganzen Nichtstun bereits ein Fuß abgefault. Der riecht schon ganz komisch."

„Okay. Noch was?"

„Ja, falls du mich gleich mal suchen solltest, bin ich nicht mehr da."

„Wo bist du denn?"

„Ich bin mich suchen gegangen. Wenn ich wieder da bin, bevor ich zurückkomme, sag mir, ich soll auf mich warten."

„Mach ich."

„Außerdem habe ich vor, uns gleich noch eine alte russische Transportmaschine bei eBay zu ersteigern. Eine Tupolew TU-144 aus dem Jahr 1970. Sofortkaufoption und ganz billig. Ich glaube, die ist so günstig, weil man sie sich selbst in der Nähe von Moskau abholen muss. Fliegen kann sie nämlich nicht mehr."

„Hört sich gut an."

„Und danach bestelle ich noch ein paar funktionstüchtige Handgranaten aus dem Zweiten Weltkrieg – von der Wehrmacht. Da ist so ein Typ in der Normandie, der löst gerade seine Privatsammlung auf."

„Schön."

„Könnte doch was für die Kinder zu Weihnachten sein, oder?"

„Ja, Ingo! Aber jetzt lass mich bitte mal für eine Sekunde in Ruhe."

Gut, dachte ich. Soll sie sich doch mit ihren dämlichen *Tatütas* beschäftigen. Immer noch besser als die ledernen Mutterpasshüllen, die sie in den Wochen zuvor wie besessen genäht hatte. Die hatten nämlich bewirkt, dass ich mich jeden Abend vorsorglich schlafend stellte, wenn sie nach mir ins Schlafzimmer gekommen war.

XXX

Irgendwann griff ich ebenfalls nach meinem Laptop. Nachdem ich das Internet einmal komplett gecheckt hatte, wie übrigens auch schon am Tag zuvor, fing ich an, die Zahl des Besucherzählers auf meiner Ingo-

Rosenberg-Bratz-Homepage um 30.000 Klicks nach oben zu manipulieren. Das tue ich immer, wenn mir langweilig ist, ich aber das Bedürfnis habe, etwas Produktives und Sinnvolles zu unternehmen. Als mich diese Art der Täuschung und Selbstbeweihräucherung nicht mehr befriedigte, versank ich wieder in einem wodkageschwängerten Loch aus Trübsinnigkeit und Melancholie. Noch ein paar Abende dieser Art und ich würde beim Amt die russische Staatsbürgerschaft beantragen. Oder zumindest die finnische. Die sollen da oben im Norden ja auch recht düster und depressiv unterwegs sein.

XXX

Nachdem Rosi auf mehrfache leichte Schläge gegen ihren rechten Oberarm nicht reagierte, ging ich in die Küche, um mir ein Brot zu machen – und zwar mit vier kalten Bratenscheiben, einem halben Pfund Krautsalat und sechs frischen Spiegeleiern. Soll mein Arzt doch meckern. Sag ich ihm halt, wie das zuhause bei uns abläuft. Dann wird der schon Verständnis haben. Dass die Küche anschließend in Fett schwamm, war mir egal. Ich merkte es auch nur daran, dass ich vor dem Herd auf dem schmierigen Boden beinahe ausgerutscht wäre.

Ich pflanzte mich erneut aufs Sofa, vertilgte wüst schmatzend und grunzend mein kalorienarmes Diät-Brot und starrte anschließend ein riesiges Loch in die gegenüberliegende Wand, in die ich schon immer einen Durchbruch gemacht haben wollte. Nach einigen weiteren ziemlich stillen Minuten fasste ich mir erneut ein Herz.

„Wollen wir denn noch was zusammen machen, Rosi? Vielleicht ein Kartenspiel oder … was Leckeres kochen?"

„Nee", meinte meine Frau. „Geht gerade nicht. Ist wichtig."

„Schon klar!", antwortete ich bockig. „Dann juckele ich jetzt zur Sparkasse, hebe 500 Euro ab und fahre noch mal schön für ein paar Stündchen in den Puff. Mal sehen, was da so abgeht."

„Okay, viel Spaß! Aber bring mir was Schönes mit."

XXX

Etliche Schweigeminuten später, die Wodkaflasche war inzwischen leer, dafür war ich voll wie zehn Engländer auf Mallorca, stieß ich im Internet auf einen Chatroom, der, allem Anschein nach, nur von

44

liebeshungrigen und völlig tabulosen Frauen genutzt wurde. Ich ließ mir von Rosi kurz die Daten unserer Kreditkarte geben, loggte mich ein und traf wenig später auf die heiße *Chantal 27*, die wohl ganz in meiner Nähe wohnte, mich unbedingt in dieser Nacht treffen, zuvor aber noch etwas mehr über mich erfahren wollte. Also laberte ich mit ihr über Gott und die Welt, ohne zu bemerken, dass unsere Kreditkarte im Minutentakt mit sagenhaften 3,99 Euro belastet wurde. Eine Stunde später, ich war mittlerweile sexuell so erregt wie nach einem Bad in einer Wanne mit Eiswürfeln, war dann wohl Chantals Schicht beendet, denn sie war plötzlich aus dem Chatroom verschwunden. Dafür stellte sich mir Sekunden später eine *Claudia 31* vor, die wohl ganz in meiner Nähe wohnte, mich unbedingt in dieser Nacht treffen, zuvor aber noch etwas mehr über mich erfahren wollte.

Das wurde mir zu unseriös. Ich schrieb *Claudia 31*, dass sie mich mal kreuzweise könnte, ich in Wirklichkeit auf Männer stünde und dass ich gar nicht in Billerbeck lebte. Ich schaltete den Rechner aus. Anschließend sah ich zu meiner Frau hinüber. Sie hatte von meinen existenzgefährdenden Abenteuern im World Wide Web nicht das Geringste mitbekommen und starrte noch immer bewegungslos auf ihren Bildschirm.

XXX

Gegen zwei Uhr zündete ich mir vor lauter Frust eine dicke Zigarre an, die ich eigentlich erst rauchen wollte, wenn ich von meinem ersten Buch fünfzig Exemplare verkauft hatte – und zwar, indem ich mit dem Kopf für 15 Minuten im lodernden Kamin verschwand. Dass ich anschließend wie ein verkohltes Mettwürstchen wieder zum Vorschein kam, interessierte keine Menschenseele. Warum auch? Strunzdumme Blog-Kommentare von Designer-Hausfrauen im Internet waren ja auch von größerer Bedeutung, als wenn der eigene Gatte im Wohnzimmer verbrennt.

Gegen halb drei, ich sah nach einer fast unbewusst geleerten Flasche Eierlikör inzwischen alles doppelt, was den Abend aber in keinem besseren Licht erscheinen ließ, bewegte sich Rosi wie durch ein Wunder dann doch einmal, holte eine Decke, breitete sie über ihre Beine aus, steckte sich ein Stück Tofu in den Mund und murmelte kauend:

„Mir ist kalt, Ingo. Leg mal Holz nach."

„Jawoll, Herr Oberfeldwebel!", brüllte ich folgsam und betrunken, sprang auf, salutierte und wankte durchs Wohnzimmer, wobei ich eine Vase zu Boden riss, die unpassender Weise mitten auf unserem Esszimmertisch stand. Keine Ahnung, wer so dumm gewesen war, sie dort zu platzieren. War doch klar, dass da früher oder später jemand drankommen musste.

Ich öffnete die Terrassentür und stolperte raus in die finstere Nacht. Dass ich erst eine Stunde später wieder ins Haus zurückkehrte, ist weder meiner Frau, die irgendwann wohl ins Bett gegangen sein muss, noch mir aufgefallen. Ich denke, dass ich mich irgendwo in unserem parkähnlich angelegten Schlossgarten auf dem Weg zum Holzlager entweder bei den Fischteichen, im Palmenwäldchen oder im Buchsbaumlabyrinth verlaufen habe. Warum ich mit einer gewaltigen Beule auf der Stirn, zwei vollen 15-Liter-Gießkannen und so völlig ohne Brennholz zurück ins Wohnzimmer kam, ist mir bis heute ein Rätsel.

Nachdem ich die Blumen auf unseren Fensterbänken, den hässlichen Läufer im Flur und das komplette Wohnzimmer samt Garnitur unter Wasser gesetzt hatte, warf ich mich auf die triefnasse Büffelcouch, um endlich mein Seepferdchen nachzuholen. Nach der Erfüllung dieses langgehegten Lebenstraums schwamm ich zur Stereoanlage, um mir meine Lieblings-CD von *Iron Maiden* mal so richtig schön auf die Ohren zu geben. Während des vierten Songs kam Rosi schließlich mit einem nicht näher definierbaren Gesichtsausdruck ins Wohnzimmer gepaddelt.

„Sag mal, Ingo! Hast du einen Sockenschuss? Was treibst du hier?"

„Äh, ich lerne für mein Latinum. Deklinieren kann ich schon."

„Quatsch nicht!"

„In Ordnung, du hast mich ertappt. Ich höre Musik."

„Muss das so laut sein? In der Küche klirren die Gläser in den Schränken. Das nervt auf Dauer."

„Ja, muss! Sonst höre ich nämlich nix. Habe noch Wasser in den Ohren. Vom Schwimmen."

„Wir haben es gleich halb fünf, die Kleinen stehen in zwei Stunden auf, und der Hund muss noch raus."

„Wir haben einen Hund? Cool! Seit wann haben wir den?"

„Du Weichbirne, das war doch nur Quatsch."

„Das heißt, wir haben gar keinen Hund? Schade! Der hätte mir nämlich mal ein Bier aus dem Keller holen können."

„Ingo! Mach die Musik aus und komm ins Bett."

„Ich muss nur noch eine Sache erledigen. Ist mir gerade eingefallen."

„Okay, sei aber bitte leise."

„Natürlich! Von jetzt an wirst du nichts mehr von mir hören."

Sie drehte sich kopfschüttelnd um und paddelte zurück ins Schlafzimmer.

Kurz nach ihrem Abgang watete ich durchs knietiefe Wasser in die Küche, klaubte sämtliche Kochtöpfe aus den Schränken und baute mir auf dem gläsernen Wohnzimmertisch ein so gewaltiges Schlagzeug auf, dass ich Probleme hatte, mit den Augen darüber hinweg zu sehen. Anschließend ging ich zur Stereoanlage, legte „We will rock you" von Queen auf, fuhr die Lautstärke vorsichtig noch ein wenig nach oben und begann damit, den wohl anspruchslosesten aber genialsten Rhythmus der Musikgeschichte zunächst mit Kochlöffeln und anschließend mit unserem eisernen Kaminbesteck so lange nachzutrommeln, bis die Glasplatte des Tisches klirrend und unter lautem Getöse zersplitterte.

XXX

Gegen halb sieben, ich war gerade dabei, in der Küche die Lamellen der Rollläden zu zählen und von innen mit einem Edding auf der Fensterscheibe zu nummerieren, standen Klara und Heidi plötzlich vor mir.

„Danke, dass du uns geweckt hast!", meckerte Klara vorwurfsvoll und sah neidisch auf mein Seepferdchenabzeichen, das ich mir mit unserer Heißklebepistole auf der Stirn befestigt hatte.

„Bitte sehr! Auf mich ist eben Verlass."

„Wir gehen ins Bad. Machst du uns Frühstück?"

„Wo ist denn Mama? Ich war die ganze Nacht auf. Jetzt ist die mal dran."

„Sie hat gerade was Ähnliches gesagt."

„Ich wollte mich eigentlich hinlegen. Muss ich hier nur malochen?"

„Nein, Papa! Musst uns nur Frühstück machen."

„Vielleicht auch noch Brote für die Schule? Und noch schnell das Lieblingskleid bügeln? Und die Hausaufgaben kontrollieren?"

„Brote wären okay. Alles andere hat Mama gestern erledigt."

XXX

„Was ist das?", wollte Klara zwanzig Minuten später mit einem Blick auf die zwei dampfenden Teller wissen.

„Euer Essen."

„Linsensuppe mit Heißwürstchen?"

„Mögt ihr doch gerne."

„Aber nicht zum Frühstück."

„Ihr solltet mal sehen, was die in Amerika morgens so essen."

„Wir leben in Deutschland, Papa."

„Klar, aber immer so amerikanisch obercool daherreden, ständig diese Highschool-Serien schauen und Poster von Hannah Montana im Zimmer hängen haben."

„Das ist was anderes."

„Wie haben euch eigentlich die „Rambo"-Filme gestern gefallen?"

„Haben wir dir doch gesagt. Viel zu viel Gewalt."

„Hey, dann müsst ihr unbedingt den dritten Teil sehen? Der ist quasi gewissermaßen sozusagen gewaltfrei und richtig witzig. Ihr habt noch vierzig Minuten, bis ihr zur Schule müsst. Da könnt ihr fast den halben Film schaffen. Wollt ihr?"

„Und der ist wirklich witzig?"

„Wenn ich´s euch doch sage."

„Und du lügst uns auch nicht an, Papa?"

„Hey, ich habe noch nie gelogen."

„Und muss man da richtig lachen?"

„Der Streifen ist so komisch, dass es euch die Zwerchfelle zerfetzt."

„Na gut."

„Dann esst ihr aber auch die Suppe. Und für die Schule packe ich euch ´ne Wurst ein."

„Geht klar, Papa. Mach den Film an."

Ich deckte im noch immer restlos verregneten Wohnzimmer auf dem Teppich, stellte den Kleinen jeweils eine Dose *Red Bull* neben die Suppenteller, legte „*Rambo III*" ein, entsorgte sämtliches Altpapier der vergangenen Woche im Kamin, sprang ins plätschernde Sofa und nickte, zum sanften Hintergrundgeräusch unzähliger irre komischer und witziger Maschinengewehrsalven und Todesschreie, endlich ein.

XXX

Gegen neun, Heidi und Klara hatten sich mittlerweile selbstständig „*Rambo IV*" eingelegt, kam mein schlechtes Gewissen auf zwei Beinen verschlafen ins Wohnzimmer geplantscht. Im Kamin brannten inzwischen ein Sofakissen, mehrere Brühwürstchen und die DVD-Hülle von „*Rambo III*".

„Hallo Rosi. Schon wach?"

„Sage mir, dass ich träume. Das ist doch wohl nicht wahr, oder?"

„Was denn?"

„Die Kinder haben Schule!"

„Ach so! Die fühlten sich nicht so gut, und da habe ich ihnen erlaubt, erst zur dritten Stunde zu gehen."

„Was haben sie denn?"

„Bauchschmerzen, glaube ich."

„Glaubst du?"

„Ja! Ich habe sie noch nicht gefragt."

„Noch nicht gefragt? Warum?"

„Du heiliger Gammelhammel! Hat sich eben nicht ergeben."

„Und warum läuft schon wieder die Flimmerkiste?"

„Mensch Rosi! Die beiden sind krank. Da darf man doch mal 'ne Ausnahme machen."

„Und du?"

„Ich fühle mich … auch nicht so gut."

„Ebenfalls Bauchschmerzen?"

„Jawoll!"

„Und gehst du heute auch erst zur Dritten?"

„Nö! Ich gehe heute gar nicht."

„Gar nicht?"

„Jawoll! Könntest du auf der Arbeit anrufen und mich krankmelden?"

„Warum sollte ich das tun?"

„Weil ich, trotz meines Unwohlseins, schon richtig fleißig war. Ich habe die Kinder geweckt, bin mit ihnen aufgestanden, habe Frühstück gemacht, die Blumen gegossen, das Altpapier entsorgt und den Hund rausgelassen. Zudem habe ich mein erstes Schwimmabzeichen geschafft und die Lamellen der Rollläden gezählt."

„In Ordnung, Ingo. Könntest du die beiden denn gleich eben noch zur Schule fahren und mit ihren Lehrern sprechen? Ich will sie nicht einfach so mit einer Entschuldigung losschicken – das ist irgendwie asozial."

„Geht klar, Rosi. Kein Problem."

XXX

Ich weiß nicht, mit welchen Lehrern ich an diesem Morgen alles geredet und was ich diesen völlig verdutzten, skeptisch dreinschauenden Menschen für einen Mist erzählt habe, doch als ich den Opel Kadett schließlich wieder vor unserem Haus parkte, fand ich, dass ich meine Sache prächtig gemacht hatte. Das sollte mir erst mal einer nachmachen: Sich nach einer solchen Nacht noch immer volltrunken mit verbranntem Schädel, Fleischwunde und Seepferdchenabzeichen auf der Stirn so professionell gegenüber diesen gebildeten Akademikern zu verhalten. Als ich unsere Wohnung betrat, kam mir meine Göttinnengattin direkt im Flur entgegen.

„Du Ingo, ich leg mich noch mal für ´ne Weile aufs Ohr. Ich habe das Chaos im Wohnzimmer, im Flur, in der Küche und von den Scheiben beseitigt. Keine Ahnung, was du da gestern wieder gefeiert hast."

„Ich? Gar nichts, wieso?"

Sie trat einen Schritt auf mich zu und betrachtete irritiert meine Stirn.

„Was hast du denn da gemacht?"

„Seepferdchen!"

„Das sehe ich. Aber ich meine die angesengten Haare und die Beule."

„Bin wahrscheinlich beim Schlafen irgendwie mit dem Kopf in den Kamin und anschließend an den Bettpfosten gekommen. Deshalb vielleicht auch das Bauchweh."

„Das sieht ja schlimm aus."

„Hm."

„Und du riechst komisch, Ingo. Hast du gestern Alkohol getrunken?"

„Bist du verrückt? Doch nicht mitten in der Woche."

„Da bin ich ja beruhigt. Du, das mit dem ruhigen Abend können wir gerne noch mal wiederholen. Hat mir richtig gutgetan."

„Klar, machen wir. Direkt heute. Und für die Kleinen gibt es dann „Rocky". Da haben die nämlich auch mehrere Teile von gemacht."

50

Das Telefonat

„Ingo, das kannst du nicht bringen. Werde endlich erwachsen."
Ich starrte meinen Wertstoffhof-Kollegen Waskowska entgeistert an.
„Erwachsenwerden, Robert? Ich mach ja jeden Scheiß mit, aber da hört es auf."
„Und was willst du sagen?"
„Wüsste ich jetzt schon, was ich sagen will, würde mich das nur nervös machen. Ich improvisiere einfach. Planen tue ich nur Gespräche, die ich anschließend nicht führe."
„Aber warum willst du unbedingt dort anrufen?"
„Weil ich mir das bereits seit Jahren vorgenommen habe. Wenn mein Körper diesen Tempel schon niemals betreten wird, möchte ich zumindest einmal im Leben meine Stimme dort wissen."
„Hat dir schon mal jemand gesagt, dass du sehr seltsam bist?"
„Ich bin nicht seltsam! Ich lebe nur manchmal in meiner eigenen Welt. Aber keine Sorge. Man kennt mich dort."

XXX

„Guten Abend. Hotel *Adlon Kempinski*, Sie sprechen mit Herrn Müller."
„Tach! Sie hören sich aber komisch an. Sie klingen ja älter als Gott."
„Vielen Dank."
„Keine Ursache. Spreche ich mit dem Nachtportier?"
„Das tun Sie, obschon ich die Bezeichnungen Rezeptionist oder Leitender Empfangschef bevorzugen würde."
„Schön, Herr Müller. Also, ich bin zurzeit Gast in Ihrem Haus."
„Aber warum rufen Sie über ein Handy an?"
„Ich rufe über ein Handy an?"
„Richtig."
„Woran können Sie das denn sehen? Haben Sie ein Bildschirmtelefon?"
„Nein, ich habe Ihre Nummer auf dem Display."
„Und?"
„Ist´ne Handynummer."
„Okay, Sie haben mich erwischt. Und ich dachte, ich hätte mein Telefon auf anonym gestellt."
„Anscheinend nicht."

„Dann lege ich jetzt auf, stelle mein Handy um und melde mich später nochmal."

„Warum wollen Sie das tun?"

„Weil ich nicht will, dass jeder Hansipansi meine Nummer sehen kann."

„Verstehe! Würde ich auch nicht wollen. Bis gleich."

XXX

„Dobermann!"

„Äh ... wo bin ich?"

„Woher soll ich das denn wissen?"

„Wie bitte?"

„Ich weiß nicht, wo du bist, verdammt!"

„Ich wollte fragen, mit wem ich spreche."

„Dobermann! Was willst du?"

„Äh ..., mit dem *Adlon* verbunden werden."

„Willst du mich verarschen, du Drecksack? Wer bist du?"

„Äh, das ist ein Geheimnis. Ist da denn nicht das ... *Adlon*?"

„Nee, Dobermann! Hast du mal auf die Uhr gesehen, du Arschkopf? Wenn ich rausfinde, wer du bist, mach ich dich platt! Dich und deine ganze Generation!"

„Ich glaube, ich hab mich verwählt."

„Verwählt? Mitten in der Nacht? Ich mach dich tot, ich schwör! Ich muss in einer Stunde aufstehen!"

„Jetzt nicht mehr."

„Ich bring dich um! Und anschließend popp ich deine Frau!"

„Kollege, glaube mir: Das willst du nicht."

„Sag mir, wer du bist! Ich komm und reiß dir die Eingeweide raus!"

„Bei diesen Aussichten lasse ich das doch lieber, du dämlicher Köter."

„Hast du gerade dämlicher Köter zu mir gesagt? Ich bin Dobermann!"

„Wau! Wau! Wau!"

„Du begibst dich in höchste Gefahr. Ich finde raus, wo du wohnst!"

„Vertrau mir, du hirnloser Auf-den-Rasen-Scheißer. Ich bin nicht *in* Gefahr, ich *bin* die Gefahr. Ich gehe nicht mitten in der Nacht zur Tür und werde ermordet. Ich bin derjenige, der klopft."

„Jetzt hast du Krieg!"

„Von mir aus. Vielleicht solltest du jedoch wissen, dass ich in Vietnam war, nachdem ich den Ausbilder von Rambo ausgebildet habe."

„Kriiiiiiiiiiieg!"

„Krieg ist, wenn der Sensenmann seine Sense zur Seite legt und auf den Mähdrescher steigt."

„Kriiiiiiiiiiieg!"

„Wer den Kopf verliert, beweist damit nicht, dass er vorher einen hatte."

„Wenn du Eier hast, sagst du mir jetzt, wer du bist, du Ratte!"

„Verfolge doch meine Nummer zurück."

„Arschkopf! Die hast du doch unterdrückt!"

„Echt? Die ist unterdrückt? Super, dann hat das ja geklappt."

„Ich bomb dir deinen Schädel vom Rumpf!"

„Dass ich deine Privatnummer habe, ist dir schon klar, ja?"

„Ich ballere dir eine Kugel in den Bauch und lass dich verbluten."

„Mach das, kleines Wauwauchen. Aber versuche vorher, noch ein Stündchen zu schlafen. Nicht, dass dein Frauchen gleich mit dir Gassi gehen möchte, und du noch zu müde bist, um dein Beinchen zu heben."

XXX

„Guten Abend. Hotel *Adlon Kempinski*, Sie sprechen mit Herrn Müller."

„Ich bin's nochmal."

„Warum hat das denn so lange gedauert?"

„Das ist eine andere Geschichte und wird ein anderes Mal erzählt."

„In Ordnung. Aber jetzt verraten Sie mir doch zunächst einmal, warum Sie mich als Gast unseres Hauses mit dem Handy anrufen."

„Oh, du heilige Makrele! Ist die Nummer etwa immer noch zu sehen?"

„Nein."

„Dann ist gut."

„Also?"

„Meine Frau hat das Kabel des Haustelefons aus der Wand gerissen."

„Warum macht sie denn so was?"

„Habe ich sie auch gefragt, doch sie meinte nur, dass mich das nichts angehe; schließlich hätte ich ja auch völlig ohne Grund die Bilder von den Wänden genommen und aus dem Fenster geworfen."

„Kommt schon mal vor. Was kann ich für Sie tun?"

„Ich hätte da mal eine Frage."

„Sehr gerne."

„Wie ist das, wenn man den ganzen Tag nett zu Reichen sein muss?"

„Keine Ahnung! Ich arbeite nur nachts."

„Jetzt sein Sie mal nicht so."

„Ich habe damit kein Problem. Reiche Leute sind auch nur Arme mit viel Geld."

„Gute Antwort! Nun zu etwas anderem: Ich muss mich beschweren."

„Was gibt es denn?"

„Ich denke, dass das Hotel derzeit sehr seltsame und verrückte Gäste beherbergt. Das gefällt mir nicht."

„Das ist unser Job. Wir sind hier schließlich im *Adlon*."

„Ich meine jetzt keine Michael Jacksons, die kleine Kinder aus ihren Hotelfenstern halten. Ich spreche von wirklich gefährlichen Leuten."

„Erzählen Sie mehr."

„Ich habe eben im Aufzug mehrere dunkelhäutige Männer mit Kopftüchern, Maschinenpistolen und Kisten voller Sprengstoff gesehen."

„Und?"

„Sie müssen schon entschuldigen, aber sowohl mein Sicherheitsgefühl als auch mein Wohlbefinden leiden ein ganz klein wenig darunter, wenn ich weiß, dass sich bewaffnete Muslime im Hotel befinden."

„Das tut mir leid."

„Das tut Ihnen leid? Sollte man da denn nichts unternehmen?"

„Dazu gibt es keine Veranlassung. Die Herrschaften haben ihre Zimmer im Voraus bezahlt und zudem versichert, dass sie sich anständig benehmen werden."

„Aber wenn das Terroristen sind, Herr Müller."

„Was ist dann?"

„Dann muss man da doch was machen."

„Was denn?"

„Weiß nicht. Sie verhaften?"

„Ich kann Sie beruhigen: Bei den Herrschaften handelt es sich zwar tatsächlich um Terroristen, Sie haben von denen aber nichts zu befürchten."

„Wahrscheinlich sagen Sie mir jetzt, dass die nur spielen wollen, was? Sind Sie wahnsinnig, Herr Müller?"

„Das müssen andere entscheiden."

„Wollen Sie mir jetzt etwa allen Ernstes mitteilen, dass es sich bei diesen Männern um Terroristen handelt?"

„Ja. Sie bereiten sich hier im Hotel auf einen Anschlag vor."

„Was?"

„Die Herren planen einen Terror-Akt."

„Und wo soll dieser stattfinden?"

„Das darf ich Ihnen nicht sagen. Bei uns im *Adlon Kempinski* werden Diskretion und Verschwiegenheit großgeschrieben."

„Sie wissen also, was die Leute planen?"

„Selbstverständlich."

„Und Sie unternehmen nichts?"

„Wir sind immer noch das *Adlon*."

„Aber bei diesen Fanatikern handelt es sich um gefährliche Männer, die vielleicht schon morgen großes Unheil über Berlin bringen werden."

„Nicht vielleicht."

„Nicht vielleicht?"

„Richtig! Sie werden *auf jeden Fall* morgen großes Unheil über Berlin bringen."

„Und das sagen Sie so ruhig?"

„Soll ich brüllen?"

„Nee, aber warum verhindern Sie das nicht?"

„Weil wir uns im *Adlon* befinden. Unsere Gäste kommen aus allen Teilen der Welt, weil sie auf unsere Verschwiegenheit vertrauen. Überlegen Sie doch nur einmal, was passieren würde, wenn wir jetzt die Polizei einschalten würden."

„Es könnte zum Beispiel ein Anschlag auf den Reichstag, die U-Bahn, das Olympiastadion oder das Brandenburger Tor verhindert werden."

„Ich kann Ihnen versichern, dass das Brandenburger Tor nicht betroffen sein wird. Dem hätten wir niemals zugestimmt."

„Niemals zugestimmt?"

„Richtig! Das olle Ding steht zu nahe am *Adlon*."

„Ich fasse es nicht. Was würde denn nun passieren, wenn Sie die Polizei einschalten würden?"

„Ist doch klar. Die Verrückten, Gefährlichen, Perversen, Verbrecher und Geheimnisträger dieser Welt würden sich in Zukunft im *Ritz-Carlton*, im *Marriott* oder im *Grand Hyatt* einmieten, was zur Folge hätte, dass das *Adlon* etwa 85 Prozent seiner Gäste verlieren würde."

„Das ist ja furchtbar."

„Eben! Und deshalb stehen wir zu dem, was wir versprechen."

„Ich meine, es ist furchtbar, dass Sie solche Leute bei sich aufnehmen."

„Hören Sie. Ich habe lange Zeit im *Hilton* gearbeitet und musste ständig erleben, dass Spieler, Manager und Funktionäre des FC Bayern bei uns im Hotel zu Gast waren. Das war furchtbar. Dagegen sind diese Terroristen regelrecht angenehm."

„Gut, das kann ich nachvollziehen. Sie sagen also, dass ich mir keine Sorgen zu machen brauche?"

„Genau."

„Vielen Dank."

„Keine Ursache. Haben Sie sonst noch einen Wunsch?"

„Weiß nicht. Was könnte ich mir denn wünschen?"

„Wie wäre es zum Beispiel mit einem kleinen Snack?"

„Gute Idee, Herr Müller."

„Dann bestellen Sie sich doch einen?"

„Okay, dann bestelle ich jetzt bei Ihnen einen."

„Geht nicht."

„Geht nicht? Sie haben es mir doch gerade vorgeschlagen."

„Natürlich, doch bestellen können Sie nur in der Küche."

„Geht nicht."

„Geht nicht?"

„Richtig."

„Und warum nicht?"

„Weil ich die Nummer nicht habe."

„Die Nummer steht auf dem Zettel, der neben Ihrem Telefon liegt."

„Der liegt da nicht mehr."

„Warum denn nicht? Haben Sie ihn zusammen mit den Bildern aus dem Fenster geschmissen?"

„Nein, meine Frau hat den Zettel aufgegessen und runtergeschluckt."

„Kein Problem, ist mir auch schon passiert. Sie soll sich jetzt bloß keine Vorwürfe machen. Darf ich Ihnen die Durchwahl zur Küche geben?"

„Schlechte Idee. Die sind im Moment nicht so gut auf uns zu sprechen."

„Wie kann das denn?"

„Ich habe da bereits vor einer Stunde angerufen."

„Und?"

„Ich habe ein gegrilltes Spanferkel mit Röstkartoffeln und Sauerkraut bestellt und den Mitarbeiter anschließend ziemlich zur Sau gemacht, als dieser mir sagte, dass das auch im *Adlon* um halb vier in der Nacht nicht binnen fünfzehn Minuten zu schaffen sei."

„Und dann?"

„Habe ich ihm gesagt, dass ich ihm zehn Minuten mehr geben würde."

„Und dann?"

„Meinte der Mitarbeiter, dass sie alles Menschenmögliche unternehmen würden, um meinen Wunsch zu erfüllen."

„Dann ist doch alles gut."

„Nee! Als das Ferkel, also das Schwein jetzt, dreißig Minuten später immer noch nicht auf unserem Zimmer war, habe ich erneut angerufen."

„Und was haben Sie diesmal gesagt?"

„Ich habe dem Koch höchstpersönlich verklickert, dass er sich sein Ferkel sonst wohin stecken könne."

„Nur, weil es noch nicht geliefert wurde?"

„Nein, weil meiner Frau in der Zwischenzeit eingefallen war, dass sie sich seit einigen Monaten vegan ernährt."

„Aber dann hat sie doch recht, wenn sie das Schwein wieder abbestellt."

„Ich war ihr ja auch nicht böse, doch Ihr Küchenchef fand das halt nicht witzig. Meinte, er müsste Schweinchen Dick jetzt komplett entsorgen."

„Ach, der soll sich mal nicht so anstellen. Sie ahnen gar nicht, was hier täglich für Mengen an Lebensmitteln weggeschmissen werden."

„Habe ich ihm auch gesagt."

„Gut, verraten Sie mir doch einfach, was Sie essen möchten. Ich gebe die Bestellung anschließend weiter."

„Das würden Sie tun?"

„Natürlich! Wir sind hier im *Adlon*. Für unsere Gäste nur das Beste."

„Okay, ich hätte gerne ein gegrilltes Spanferkel. Aber ein frisches, nicht das aufgewärmte von eben."

„Selbstverständlich."

„Dazu möchte ich Sauerkraut und Röstkartoffeln. Die Kartoffeln aber ohne Speck. Sie wissen schon, wegen meiner Frau."

„Verstehe. Noch etwas?"

„Es wäre schön, wenn Sie das Spanferkel in fünfzehn Minuten liefern lassen könnten."

„In fünfzehn Minuten?"

„Ja, das wird uns nämlich sonst zu spät mit dem Essen. Wir haben es bereits halb fünf. Es kann ja kein vernünftiger Mensch von uns verlangen, so spät noch so eine fettige Mahlzeit zu uns zu nehmen."

„Das kann wirklich kein vernünftiger Mensch von Ihnen verlangen."

„Schön, dass Sie mir recht geben."

„Auf welches Zimmer darf ich das Essen bringen lassen?"

„Äh, sehen Sie das denn nicht auf Ihrem Display?"

„Nein, Sie rufen vom Handy aus an."

„Stimmt, ganz vergessen. Nun, meine Zimmernummer weiß ich nicht."

„Sie wissen Ihre Zimmernummer nicht?"

„Nein, Sie Papagei. Wir sind zumindest im Erdgeschoss."

„Im Erdgeschoss haben wir aber keine Zimmer."

„Dann sind wir woanders. Im ersten Stock vielleicht. Oder im zweiten."

„Ich müsste schon wissen, wo Sie Ihr Zimmer haben. Ansonsten kann das Spanferkel nicht zu Ihnen kommen."

„Solls auch nicht. Ich esse nämlich keine lebenden Schweine."

„Wie bitte?"

„Ich will nicht, dass das Ding selbstständig zu mir kommt. Es soll gebracht werden."

„Schon klar."

„Kann ich mir das Vieh nicht einfach selber abholen?"

„Geht nicht. Es gehört zu unserem Zimmerservice, dass wir Ihnen das Essen aufs Zimmer bringen. Handelten wir anders, müssten wir den Namen des eben angesprochenen Services ändern."

„Kann man nichts machen."

„Richtig."

„Dann bringen Sie's halt. Aber bitte pronto pronto!"

„Wobei wir das Problem mit der Zimmernummer aber immer noch nicht geklärt haben."

„Stimmt! Sie sind gar nicht so vergreist, wie Sie sich anhören. Aber da habe ich schon eine Idee."

„Sie haben eine Idee?"

„Ja! Sie sagen Ihren Mitarbeitern, sie sollen im ersten Stock anfangen, uns zu suchen. Die gehen durch die Flure, klopfen an jede Tür und warten, dass ihnen geöffnet wird. Da die meisten Gäste zurzeit pennen wie die Murmeltiere, werden wohl nicht viele Leute das Klopfen hören."

„Gute Idee, so ist es machbar. Aber auf diese Weise könnte es passieren, dass das Essen kalt ist, wenn es bei Ihnen ankommt."

„Das ist nicht so tragisch. Ich war im Krieg, und da gehörte kaltes Spanferkel noch zu den kleinsten Problemen, mit denen wir uns tagtäglich rumzuschlagen hatten."

„Sie waren im Krieg?"

„Jawoll!"

„In welchem?"

„Vietnam!"

„Und, war es da so, wie sie es in den Kinofilmen immer zeigen?"

„Ganz genau so, Herr Müller.“

„Ich wusste es! Ich habe es immer gewusst! Verdammt!“

„Genau!“

„Wie dem auch sei. Ich hätte da in Bezug auf Ihre Ferkelei vielleicht noch einen besseren Vorschlag. Sie könnten mir einfach Ihren Namen nennen. Ich würde im Computer nachsehen und hätte Ihre Zimmernummer im Handumdrehen herausgefunden.“

„Klasse Vorschlag! Also, mein Name ist … äh, Schmidt.“

„Da hätten wir Herrn Doktor Paul Schmidt und seine Gattin Elena im zweiten und Hugo und Karin Schmidt-Chenschleicher im dritten.“

„Wir nehmen die ersten beiden.“

„Schön, Herr Doktor Schmidt. Ihre Zimmernummer ist die 216.“

„Gut zu wissen.“

„Ja, macht einiges einfacher.“

„Ich kann mich also darauf verlassen, dass Babe bis fünf bei uns ist?“

„Können Sie, Herr Doktor Schmidt.“

„Und lassen Sie ruhig kräftig an die Tür klopfen. Wir sehen noch fern, und um niemanden zu stören, tragen meine Frau und ich Kopfhörer.“

„Ich werde es veranlassen.“

„Da danke ich Ihnen herzlich.“

„Kein Problem. Haben Sie sonst noch einen Wunsch?“

„Ja! Passen Sie auf, Müllerchen. Meine Gattin und ich begehen morgen unseren 25. Hochzeitstag. Deshalb auch die Reise nach Hamburg.“

„Wir sind hier aber in Berlin.“

„Scheiß drauf!“

„Da gratuliere ich Ihnen herzlich, Herr Doktor Schmidt.“

„Vielen Dank! Auf jeden Fall möchte ich, dass morgen früh vor jedem Zimmer eine Flasche Champagner steht. Und zwar mit jeweils einem kleinen Grußkärtchen von mir und meiner Frau.“

„Vor jedem Zimmer?“

„Jawoll!“

„Auch vor jeder Suite?“

„Jawoll!“

„Darf ich Sie darüber informieren, dass zurzeit über 163 Zimmer und Suiten belegt sind?“

„Kein Problem! Kritzeln Sie´s einfach auf unsere Rechnung.“

„In Ordnung. Haben Sie einen Text für die Grußkärtchen vor Augen?“

„Schreiben Sie: *Wir lieben Euch alle! Prösterchen, Paul und Helene.*“

„Aber Ihre Frau heißt doch Elena."

„Scheiß drauf! Schreiben Sie einfach, was Sie wollen."

„Und Sie sind sich sicher, dass ich das wirklich veranlassen soll? Das wird nicht billig."

„Lieber teuer gelebt, als billig gestorben, Herr Müller."

„Ihr Wunsch ist mir Befehl. Kann ich sonst noch etwas für Sie tun?"

„Können Sie. Ist es eigentlich korrekt, dass Sie hier im *Adlon* auch das Unmögliche wahrmachen können?"

„Das ist korrekt, Herr Doktor Schmidt."

„Gut! Neben uns wohnt ein befreundetes Ehepaar."

„Das können dann nur die … Bachlhubers aus der Schweiz sein."

„Richtig, die … Bachhubers aus der Schweiz."

„Bach…l…hubers, Herr Schmidt."

„Hab ich doch gesagt."

„Natürlich. Was ist denn mit denen?"

„Also, der Herr Bach…l…huber ist leidenschaftlicher Alphornbläser, und ich würde ihm gerne eine Freude machen."

„Erzählen Sie."

„Glauben Sie, dass Sie es organisiert bekommen, dass sich in etwa zwei Stunden Musikanten mit Alphörnern in das Zimmer der Bachlhubers schleichen könnten, um diese mit einem kleinen Alphorn-Konzert zu wecken? Das würde dem Herrn Bachlhuber bestimmt vor Rührung die Tränen in die Augen treiben."

„Herr Schmidt, wir sind hier im *Adlon*."

„Dann schaffen Sie das also?"

„Selbstverständlich!"

„Dann auf Wiederhören."

„Auf Wiederhören. Und Grüße an die Frau Gemahlin."

„Werde ich ausrichten, wenn ich sie sehe."

„Und sollten Sie auch noch Ihre Betten zum Fenster rausschmeißen, melden Sie sich. Ich besorge Ihnen dann neue."

„Mach ich."

„Und sollte Ihre Frau auch unten auf der Straße landen, rufen sie mich ebenfalls an. Ich habe Telefonnummern von einigen äußerst attraktiven Damen in meiner Kartei, die sich freuen würden, einem Mann von Welt einen kleinen Besuch abstatten zu dürfen."

„Da bringen Sie mich auf eine gute Idee, Müller. Bis in fünf Minuten."

„Ja, Herr Schmidt. Bis gleich."

Mein Nachbar, Jesus seine Mutter und ich

Die zwei Polizisten sahen mich an, als wollten sie mir einen Strick daraus drehen, dass ich zur Gattung der Nacktduscher gehörte. Dass ich komplett unbekleidet vor ihnen stand, mag ihnen in der Tat ein wenig befremdlich vorgekommen sein, doch das war ja nicht mein Problem. Schließlich hatten sie mich beim Duschen gestört – nicht umgekehrt.

„Ach du Scheiße!", raunzte ich, bedeckte meine Körpermitte mit beiden Händen und zog an der Zigarette, die klamm zwischen meinen Lippen steckte. Der ältere der beiden trat einen Schritt vor und hielt mir einen Sekundenbruchteil später einen Ausweis vor die tropfende Nase.

„Clemens Brunner, Kripo Coesfeld. Und das ist mein Kollege Klaus Brunner."

Ich blies den unsichtbaren Rauch meiner beim Duschen wohl irgendwie erloschenen Fluppe gegen die Flurdecke und unterdrückte ein Kichern.

„Quatsch, oder? Sie heißen nicht tatsächlich Brunner und Brunner?"

Old Brunner zuckte mit den Achseln.

„Ich wünschte auch, es wäre anders, doch ich kann es nicht ändern."

Young Brunner, pickelig und dünn wie ein Laternenmast, nickte so emsig, als wollte er sein Gehirn schaumig schütteln. Da ergriff der Ältere wieder das Wort.

„Sind Sie Ingo Rosenberg-Bratz?"

„Jawoll!", antwortete ich redselig und salutierte, wobei mir schlagartig bewusst wurde, dass ich nun noch unbedeckter vor den beiden Hanseln stand. „Was kann ich für Sie tun? Oder wollen Sie mir nur was vorsingen?"

„Ich glaube kaum, dass wir zum Singen kommen werden. Hätten Sie einen Moment Zeit für uns?"

„Wenn´s nicht zu lange dauert. Meine Geliebte wartet im Schlafzimmer darauf, dass ich sie wieder von den Handschellen befreie. Mein Hobby ist nämlich Kicken. Leider habe ich einen angeborenen Sprachfehler."

„Dann machen Sie das arme Ding halt erst los."

„War nur ein Scherz", winkte ich lässig ab. „Die Braut ist gar nicht meine Geliebte, sondern meine Frau. Und die ist Kummer gewohnt."

„Das heißt?"

„Das heißt, dass die da ruhig noch ein halbes Stündchen kopfüber am Andreaskreuz hängen kann."

„Sie meinen …?"

„Ja, verdammt! Und jetzt rücken Sie endlich mit Ihrem Anliegen raus, sonst hole ich mir hier noch ´ne Blasenentzündung. Treppenhäuser sind von ihrer Grundplanung her nicht dafür gedacht, dass man stundenlang nackt in ihnen herumsteht."

„Okay, Herr Rosenberg-Bratz. Uns ist zu Ohren gekommen, dass in Ihrem Garten regelmäßig Schüsse zu hören sind."

„Schüsse?"

„Schüsse!"

„Kann nicht sein! Wäre mir aufgefallen."

Old Brunner sah in seinen Notizblock und kratzte sich am Kinn.

„Wir haben da ganz konkrete Angaben von einem direkten Nachbarn von Ihnen. Einem gewissen Herrn Klobrich."

„Ach, der alte Spießer", nuschelte ich. „Der macht ständig so Aussagen. Letztes Jahr behauptete er doch tatsächlich einmal, ich hätte nachts im Adamskostüm in der Hollywoodschaukel gesessen, Marihuana geraucht, Bierdosen über den Gartenzaun geworfen und vulgär herumgegrölt."

„Und, haben Sie?"

„Hören Sie mal! Ich habe nicht gegrölt, sondern ordentlich gesungen."

„Wie dem auch sei."

„Und außerdem", hakte ich nach. „Woher will diese Petzliese denn wissen, ob in meinem Garten Schüsse zu hören sind?"

„Er hat sie wohl gehört."

„Wie denn?"

„Wie denn?"

„Ja. Wie will er Schüsse in meinem Garten gehört haben?"

„Nun, ich nehme mal stark an, mit den Ohren."

„Mit den Ohren? Hm, interessant. War er drin?"

„Wo drin?"

„In meinem Garten. Er meint ja, dass dort Schüsse zu hören sind."

„Ich wollte sagen, dass Herr Klobrich Schüsse gehört hat, die ganz offensichtlich aus Ihrem Garten kamen. Und zwar oft."

„Ach, die Schüsse kamen also *aus* meinem Garten. Meinen Sie, ich stehe bei mir auf dem Wimbledon-Rasen, fletsche die Zähne und ballere wie ein Psychopath durch die Gegend herum?"

„Ich weiß nicht, Herr Rosenberg-Bratz. Ich kenne Sie nicht."

„Aber ich kenne mich! Hören Sie mal, Sie Sängerknabe. Ich habe zwei kleine Töchter, die wir völlig gewaltfrei erziehen. Die beiden dürfen noch nicht einmal fernsehen. Denken Sie tatsächlich, dass ich bei dieser

Verantwortung und der daraus resultierenden Vorbildfunktion im Garten mit Schusswaffen hantiere?"

Ich suchte vergeblich in meiner Hemdtasche nach trockenen Zigaretten, bis ich realisierte, dass ich überhaupt kein Hemd anhatte.

„Herr Rosenberg-Bratz. Ich werde nicht fürs Denken bezahlt. Ich mache hier lediglich meinen Job."

„Das sieht Ihnen ähnlich!", plärrte ich. „Und das mit dem *oft* ist auch übertrieben. Das können höchstens zwei bis drei Mal gewesen sein."

„Was?"

„Das mit den Schüssen."

In diesem Augenblick drängte sich Akne-Brunner an seinem älteren Kollegen vorbei und zeigte erregt mit einem Finger auf mein Gesicht.

„Da haben wir es! Ich habe es genau gehört!"

„Was haben Sie gehört?", fragte ich gelangweilt und begann damit, in meiner Hosentasche nach Fluppen zu suchen. „Die Schüsse?"

„Nein. Ich habe gehört, dass Sie sich verraten haben. Das haben wir auf der Polizeischule gelernt. Immer den Verdächtigen mit seinen eigenen Waffen schlagen."

„Soso. Und jetzt wollen Sie mir also mit meinem alten Luftgewehr einen über die Rübe hauen, was?"

Akne-Brunner legte den Kopf zur Seite und überlegte angestrengt.

„Wie jetzt?"

„Na, ich dachte, Sie wollten mich mit meiner eigenen Flinte vermöbeln. Ist denn da noch die Verhältnismäßigkeit gegeben, oder ist das schon polizeiliche Willkür?"

Während Young Brunner noch immer darauf wartete, dass eine Zusatzportion Verstand vom Himmel fiel, griff der ältere der beiden verbeamteten Schlagersänger wieder nach dem Mikrofon.

„Jetzt lassen Sie uns doch mal sachlich bleiben. Wollen Sie uns nicht reinbitten? Vielleicht lässt es sich drinnen besser reden als in der offenen Wohnungstür – auch wegen der anderen Leute hier im Haus."

„Ach, bei den Mietern im ersten Stock handelt es sich nur um eine wilde Horde überalterter Sozialpädagogikstudenten. Die quatschen selbst den ganzen Tag so viel, dass die gar nichts anderes mitkriegen."

„Sozialpädagogikstudenten? Quatschende Horde? Interessant! Dürften wir trotzdem eintreten?"

„Vorher geben Sie ja doch keine Ruhe, Sie Nervensägen."

Ich drehte mich um und ging durch den Flur ins Wohnzimmer. Als ich die Blicke der Beamten wie Peitschenhiebe auf meinem nackten Po spürte, durchfuhr es mich eiskalt. Mist, dachte ich mit plötzlich aufkeimender Angst. Wenn diese beiden jetzt gar keine Polizisten, sondern Lustmolche vom anderen Ufer sind, habe ich echt ein kleines Problem. So schnell kriege ich meine alte Wumme doch nie geladen.

XXX

Im Wohnzimmer setzte ich mich mit meinem noch feuchten Hintern quietschend auf das weiße Kunstledersofa, griff nach einem Kissen und legte es mir auf den Schoß. Dann wies ich mit dem Kinn zunächst auf die zwei Steher und anschließend auf die Einsitzer.
„Dürfte ich Ihnen etwas anbieten? Ein Gläschen Zyankali vielleicht?"
Nachdem die Sängerknaben Platz genommen hatten, natürlich ohne auf meine Frage einzugehen, ergriff Old Brunner erneut das Wort.
„Jetzt lassen Sie uns mal Tacheles reden, Herr Rosenberg-Bratz."
„Bin stets ein Freund offener Weine, Beine und Worte."
„Kann es sein, dass Sie im Besitz einer Schusswaffe sind, die Sie zuweilen in Ihrem Garten abfeuern? Und kann es sein, dass diese Nutzung unter Umständen von Menschen außerhalb Ihres Gartens mit den Ohren bemerkt werden kann?"
„Ja! Das kann quasi gewissermaßen sozusagen sein."
Der Junge rieb sich grinsend die Hände, das Gesicht des Älteren zeigte hingegen keinerlei Gefühlsregung.
„Es kann also sein", fasste er das Gehörte fachmännisch und sachlich völlig korrekt zusammen. „Sie wissen, dass das illegal ist?"
„Blödsinn!", konterte ich mit einer Ruhe und Bestimmtheit, die mich selbst immer wieder über mich selbst staunen lässt. „Das ist überhaupt nicht illegal. Schließlich handelt es sich bei der Flinte um ein einfaches Luftgewehr, das ich von meinem Opa geerbt habe."
„Um ein einfaches Luftgewehr?"
„Richtig! Ich sehe zwar nicht so aus, aber die grauen Zellen zwischen meinen Ohren funktionieren noch ganz passabel. Ich weiß zum Beispiel, dass es erlaubt ist, wenn ich auf meinem Grundstück Schießübungen veranstalte. Schließlich handelt es sich bei dem Garten um einen befriedigten Bereich."
„Befriedet", korrigierte mich der Alte.

„Hä?"

„Bei Ihrem Garten handelt es sich, sofern Sie ihn ausschließlich alleine nutzen und er deutlich von öffentlichem Grund oder anderen Grundstücken abgegrenzt ist, um einen befriedeten Bereich, nicht um einen befriedigten – Sie Hobbykicker."

„Auch recht!", stöhnte ich, verdrehte die Augen, fuhr mir durchs nasse Haar und zuppelte an dem Genitalkissen herum. „Wissen Sie eigentlich, dass Sie und Ihr Partner mich stark an meine Eltern erinnern?"

„Wieso? Waren die ebenfalls so korrekt?"

„Nö! Die waren auch zu zweit."

„Ach so."

„Auf jeden Fall ist das mit meinem Luftgewehr absolut legal."

„Ich würde Ihnen ja zustimmen, wenn sich die Realität so darstellen würde. Doch es gibt da ein paar Dinge, die die ganze Angelegenheit doch ein wenig unangenehm für Sie machen könnten."

„Die da wären?"

„Zunächst einmal gilt es die Frage zu beantworten, worauf Sie in Ihrem Garten überhaupt geschossen haben."

„Auf Tauben! Aber ich habe noch nie eine getroffen. Die bewegen sich nämlich ständig. Und wenn ich sie bitte, mal ruhig sitzen zu bleiben, hören sie nicht auf mich. Wenn ich`s nicht besser wüsste, würde ich sagen, meine Frau hätte sie zur Welt gebracht und erzogen."

„Sie schießen also in Ihrem Garten auf lebende Tiere?"

„Sehe ich so beschränkt aus, als würde ich auf tote schießen?"

„Warum tun Sie das, Herr Rosenberg-Bratz?"

„Warum? Weil diese fliegenden Ratten hier alles vollscheißen."

„Weil sie alles vollscheißen?"

„Ja! Haben Sie gewusst, dass Möwen und Tauben gleichermaßen aggressiv sind? Sie zielen beim Kacken nämlich mit Vorliebe auf Menschen. Oder auf helle Stellen. Deshalb sehen unser Opel Kadett und die Terrasse auch immer aus wie Sau."

„Ist Ihnen bewusst, dass es Ottonormalbürgern untersagt ist, auf lebende Tauben zu schießen?"

„Wie? Auf bereits verstorbene darf man ballern?"

„Auch nicht! Hier geht es jetzt aber darum, dass Sie auf lebende Tauben geschossen haben. Das erfüllt den Tatbestand der versuchten Tierquälerei."

„Ich sagte ja, dass ich nie eines dieser Monster getroffen habe."

„Darauf kommt es nicht an. Selbst der Versuch ist strafbar."

„Ich habe doch keinen Schaden angerichtet. Die sind sogar so abgebrüht, dass die sich nicht mal erschreckt haben."

„Herr Rosenberg-Bratz. Wenn Sie mit gezogener Waffe in ein Geschäft gehen, dort die Herausgabe des Geldes fordern, der Besitzer Ihnen jedoch keines aushändigt, handelt es sich dennoch um einen bewaffneten Raubüberfall. Nicht das Ergebnis ist relevant, sondern Tat, Absicht und Motiv."

„Dann habe ich mich also des Vergehens schuldig gemacht, keine Tauben erschossen zu haben, obschon ich es wollte?"

„Richtig."

„Okay! Ich werde gleich in den Garten gehen und mich bei den Viechern entschuldigen. Hätten Sie jetzt wohl die Güte, mich wieder zu meiner Gattin zu lassen? Die hängt da nun schon eine Ewigkeit wie blöd rum, und ich kann mir nicht vorstellen, dass sich das auf Dauer positiv auf ihre Gesundheit auswirkt – obwohl es ihrem Gehirn bestimmt guttut, mal ein bisschen intensiver durchblutet zu werden."

„Nein, denn Sie haben sich noch weiterer Vergehen schuldig gemacht."

„Noch weiterer Vergehen? So langsam glaube ich tatsächlich, dass es sich bei Ihnen um dieses schräge Gesangsduo handelt. Sie sind doch völlig meschugge."

„Hören Sie!", brachte sich Fahnenmast-Brunner aufgeregt wieder ins Spiel. „Noch so eine Aussage, und Sie bekommen eine Anzeige wegen Beamtenbeleidigung."

„Ach Gott, Bohnenstange. Gehen Sie erst mal in die Küche und machen Sie sich was Ordentliches zu essen. Mir knurrt ja schon der Magen, wenn ich Sie nur anschaue."

Der Gemeinte blickte hilfesuchend zu seinem Kollegen.

„Darf ich? Ich hätte wirklich ein bisschen Hunger."

„Nein, Brunner!", bellte der Ältere. „Sie bleiben, spitzen die Ohren und machen sich fleißig Notizen." Und wieder an mich gewandt:

„Zurück zu den weiteren Vergehen. Da wäre zunächst einmal die Tatsache, dass Sie behaupten, lediglich ein Luftgewehr zu besitzen."

„Klar! Das, was ich von meinem Opa geerbt habe. Macht seit Jahren jeden Umzug mit, ohne auch nur einmal mit angepackt zu haben."

„Ebenso wie die Munition?"

„Stimmt, die hat auch nie geholfen. In der Gewehrtasche befindet sich seit Jahrzehnten eine Schachtel mit alten Patronen."

„Haben Sie sich niemals neue gekauft?"

„Nein, war nicht nötig. Sind schließlich nicht in Venedig hier."

„Woher wissen Sie eigentlich, dass Ihre Waffe ein Luftgewehr ist?"

„Na, weil ich damit … durch die Luft schieße."

Der Polizist griff in seine Tasche und holte ein graues Etwas heraus.

„Sehen die Projektile, nachdem Sie sie durch die Luft geschossen haben, in etwa so aus?"

„Keine Ahnung! Wenn die Kugeln weg sind, sind sie weg."

„Bei diesem Geschoss handelt es sich um das Projektil aus einem Kleinkalibergewehr. Und der Besitz einer solchen Schusswaffe ist ohne Waffenschein und Besitzkarte definitiv strafbar."

„Ups, du heiliger Gammelhammel!"

„Kann man so sagen."

„Aber woher wollen Sie denn wissen, dass es sich bei dieser Kugel um meine handelt? Vielleicht stammt sie ja aus einem anderen Gewehr."

„Da gebe ich Ihnen recht. Hätten Sie etwas dagegen, uns Ihre Waffe einmal zu zeigen?"

„Muss ich das tun?"

„Das ist jetzt Ansichtssache. Natürlich können Sie sich weigern, uns Ihre Waffe zu präsentieren. Da sich unsere Recherchen offiziell noch auf Vermutungen beschränken, es könnte ja tatsächlich sein, dass dieses Projektil von einem anderen Gewehr abgefeuert wurde, müssten wir erst einen Durchsuchungsbefehl besorgen. Sollten wir jedoch ernsthaft davon ausgehen, dass Sie ein Kleinkalibergewehr besitzen und damit in der Gegend herumschießen, wäre Gefahr in Verzug. In diesem Fall könnten wir Sie dazu zwingen, uns die Waffe auszuhändigen und sogar auffordern, uns aufs Revier zu begleiten."

„Cool! Dann gehen wir jetzt alle mal schön davon aus, dass es sich bei meiner Flinte nicht um ein Kleinkalibergewehr handelt und ich keine Gefahr für die Umwelt darstelle."

„Sie weigern sich also, kooperativ mit uns zusammenzuarbeiten?"

„Jawoll!"

„Und Sie weigern sich, uns Ihr Gewehr zu zeigen, obwohl Sie das ganz eindeutig verdächtig macht?"

„Jawoll!"

„In diesem Fall muss ich Ihnen mitteilen, dass wir uns sicher sind, dass es sich hier um ein Geschoss aus Ihrem Gewehr handelt."

„Warum?"

„Weil wir es im Garten Ihres Nachbarn gefunden haben."

„Na und?"

„Es steckte mitten im Kopf der Heiligen Jungfrau Maria."

„Die Jungfrau Maria wurde erschossen? Hier in Billerbeck?"

„Nicht direkt! Es handelt sich vielmehr um eine Steinfigur, die Teil eines Gartenspringbrunnens ist. Aus dem Mund dieser Skulptur fließt permanent Wasser in ein kleines Auffangbecken."

„Aus dem Mund der Maria fließt permanent Wasser? Was soll das denn versinnbildlichen? Eine kotzende Madonna?"

„Keine Ahnung! Zumindest sprudelt es seit dem Zeitpunkt des Einschusses nun auch noch aus dem zusätzlichen Loch in ihrem Kopf."

„Und das soll der Beweis dafür sein, dass ich der Killer Marias bin?"

„Herr Rosenberg-Bratz. Die Lage des Nachbargartens, der Standort des Springbrunnens, die Bebauung und Lage der übrigen Häuser und der Einschusswinkel lassen nur einen möglichen Standort des Schützen zu."

„Und der wäre?"

„Ihre Terrasse! Wir haben das mit einem Laserpointer überprüft."

„Ups!"

„Dieser Test, Ihr momentanes Verhalten und der Tatbestand, dass Herr Klobrich Sie des häufigeren in Ihrem Garten mit den Ohren hat schießen hören, lassen bei mir keinen Zweifel daran aufkommen, dass Sie es waren, der der Heiligen Mutter Gottes in die Stirn geschossen hat. Und zwar ohne Waffenschein. Dafür aber mit einem illegalen Gewehr."

Ich schluckte hörbar, kratzte mich im Schritt und hätte meinen linken Arm für eine Zigarette gegeben.

„Hört sich nicht gut an, Herr Brunner."

„Mir stellt sich in diesem Kontext jedoch noch eine ganz andere Frage."

„Und welche?"

„Ob Sie die Verlobte von Jupp mit oder ohne Vorsatz getötet haben."

„Ich verstehe nicht."

„Der Klobrich hat im letzten Jahr in ganz Billerbeck herumposaunt, Sie würden nachts wie der Bi-Ba-Butzemann nackt durch Ihren Garten springen, kiffen, saufen und Bierdosen auf die Straße schleudern. Könnte es vielleicht sein, dass Sie das ein wenig verärgert hat?"

„Wie jetzt?"

„Ich frage mich, ob der Anschlag auf die Heiligenfigur unter Umständen ein gezielter Racheakt gegen Ihren Nachbarn gewesen sein könnte."

„Racheakt? So ein Quatsch! Der Typ hat doch nur die Wahrheit gesagt. Ich stehe zu dem, was ich mache, und was die Leute denken, interessiert mich nicht die Bohne."

„Ach wirklich?"

„Ja wirklich! Und außerdem: Hätte ich mich tatsächlich an diesem Quatschkopp rächen wollen, hätte ich nicht dieser sympathischen Mary das Gehirn aus dem Schädel geschossen, sondern meinem beknackten Nachbarn, das können Sie mir glauben. Und anschließend hätte ich ihm auch noch sein Haus samt Garage und Gartenlaube abgefackelt."

„Höre ich da ein wenig Verbitterung in Ihrer Stimme? Mir kommt da gerade der Gedanke, dass Sie es bei Ihrer Racheaktion womöglich gar nicht auf Maria abgesehen hatten, sondern auf Ihren Nachbarn?"

„Wollen Sie mir jetzt auch noch einen realen Mordversuch anhängen?"

„Das wäre gar nicht so selten. In der Kriminalitätsstatistik stehen Mord und Totschlag unter Nachbarn ganz weit oben."

„Jetzt reicht`s aber echt mal langsam, Sie verrückter Bulle!" Ich sprang auf, schleuderte dem Beamten das Kissen ins Gesicht und lief nackt zur Schrankwand, um mir endlich meine Zigaretten zu holen. „Muss ich mir diesen Schwachsinn eigentlich anhören?" Vor Wut zitternd zündete ich mir einen Glimmstängel an, inhalierte tief und blies den Rauch lautstark wieder aus. Old Brunner starrte indes einige Sekunden auf mein unbedecktes Geschlechtsteil, schluckte und setzte seine Befragung fort.

„Jetzt lassen Sie uns doch mal wieder ruhig werden, Herr Rosenberg-Bratz. Könnte es nicht sein, dass die Verleumdungen Ihres Nachbarn Sie innerlich gequält haben? Dass sie Sie immer zorniger gemacht haben, und dass sich diese Energie schließlich einen Weg gesucht hat, um nach so vielen Monaten des Leidens endlich auszubrechen?"

„Brunner, Sie gehören unter Beobachtung. Das geht so nicht weiter."

„Ja, ja", winkte der Einzuliefernde unwirsch ab. „Auf jeden Fall haben Sie sich irgendwann Ihr Gewehr geschnappt, sind raus auf die Terrasse und haben auf eine günstige Gelegenheit gewartet."

Old Brunner stand nun ebenfalls auf, stellte sich direkt vor mich, glotzte noch mal kurz staunend an mir herunter und fuhr fort:

„Der Springbrunnen ist mitsamt der Mutter Gottes etwa zwei Meter hoch. Um diesen von Ihrer Terrasse aus sehen zu können, muss man durch einige Büsche und Sträucher blicken, was aber möglich ist."

Er hüstelte und setzte zum Schlussplädoyer an.

„Sie hatten geplant, Herrn Klobrich zu ermorden, nachdem er Sie in der ganzen Stadt lächerlich gemacht hatte. Sie beobachteten das Nachbargrundstück. Da bemerkten Sie auf einmal eine menschliche Gestalt durch das sich bewegende Grün hindurch. Sie legten an, zielten und schossen. Wir alle können von Glück reden, dass das Rentnerpaar in diesem Augenblick nicht im Garten war. Wer weiß? Vielleicht hätten Sie Ihren grausamen Plan dann tatsächlich vollendet und einen echten Menschen getötet." Er atmete tief durch und entspannte sich ein wenig, während ich ihn anstarrte wie ein Naturphänomen.

„Und?", fragte er schließlich. „Habe ich Sie?"

Ich schüttelte verwirrt und noch immer splitterfasernackt den Kopf.

„Meine Güte, haben Sie einen Dachschaden, Brunner. Dass man Sie überhaupt auf die Straße lässt."

„Sie können von mir denken, was Sie wollen. Ich verhafte Sie wegen des dringenden Tatverdachts, einen Mordanschlag auf Herrn Klobrich geplant und mit einer illegalen Schusswaffe ausgeübt zu haben."

Der Alte sah zu seinem jüngeren Kollegen hinüber und befahl feierlich: „Brunner, geben Sie mir doch bitte mal Ihre Handschellen."

„Äh", warf ich ein. „Wir könnten auch die aus dem Schlafzimmer nehmen. Dann könnte ich meine Frau …"

„Hören Sie nicht auf diesen Verbrecher, Brunner. Geben Sie mir die Dinger. Ich werde den Tatverdächtigen sicherheitshalber fesseln. Bei einem gewalttätigen Halunken weiß man schließlich nie, und Vorsicht ist die Mutter Gottes der Porzellankiste. Und danach machen Sie sich auf die Suche nach der Tatwaffe."

Ich zündete mir eine weitere Zigarette an und fuhr mir resignierend durch die inzwischen fast schon trockenen Haare.

„Sie brauchen sich nicht abzumühen, Bohnenstange. Das Gewehr liegt im Schlafzimmer auf dem Kleiderschrank. Und lassen Sie sich nicht von dem Gekeife meiner Frau einschüchtern. Die ist so festgemacht, dass sie Ihnen nichts tun kann."

XXX

Zwei Minuten später kam Young Brunner kreidebleich zurück ins Wohnzimmer gestelzt. Seine Gestalt wirkte gebeugt, während er das Gewehr meines Großvaters wie einen stinkenden Aal von sich weg hielt.

„Chef, wir haben ein Problem."

Old Brunner richtete sich im Sessel auf und ging auf Pickel-Mast zu.

„Was gibt´s?"

„Das sollten Sie sich mal ansehen." Young Brunner übergab seinem Kollegen das Gewehr und setzte sich anschließend auf seinen Platz zurück. Der Alte legte das Beweisstück auf den Wohnzimmertisch, betrachtete es eingehend und raufte sich dabei knurrend die Haare.

„Herr Rosenberg-Bratz?"

Ich hob den Kopf und warf dem Beamten einen verärgerten Blick zu.

„Was gibt´s, Sie geistesgestörter Schlager-Affe?"

„Ist das die Waffe, von der wir die ganze Zeit gesprochen haben?"

„Klar!"

„Haben Sie noch weitere Gewehre im Haus?"

„Nein, nur die AK-47 mit nachträglich montiertem Nachtsichtgerät und Karbonschalldämpfer für den Einsatz in flachem Gelände."

„Hören Sie auf mit dem Scheiß! Ich meine es ernst."

„Natürlich gibt es keine weiteren Wummen in der Wohnung. Warum?"

Old Brunner stand auf und trat einige Schritte auf mich zu.

„Weil es sich hierbei tatsächlich um ein einfaches Luftgewehr handelt."

XXX

„Das heißt, ich habe die Heilige Mutter Gottes gar nicht getötet?"

Old Brunner und ich saßen rauchend auf der Terrasse, während sich Bohnenstange in der Küche eine Portion Rührei mit Speck zubereitete.

„Die Kugel kommt nicht aus Ihrer Waffe. Ist ein anderes Kaliber."

„Aber, wer war es dann? Ein gehörnter Josef, der herausgefunden hat, dass es doch nicht Gott war, der seiner Maria das Kind gemacht hat?"

„Ich weiß es nicht. Haben sonst noch Menschen Zugang zur Terrasse?"

„Eigentlich nicht. Es sei denn, wir sind für längere Zeit nicht da. Dann kommt es vor, dass die Studenten von oben den Garten nutzen, und bis jetzt haben sie anschließend auch immer alles sauber hinterlassen."

„Die Sozialpädagogikstudenten? Diese quatschende, verrückte Horde?"

„Jawoll!"

„Waren Sie während der letzten Zeit mal unterwegs?"

„Weiß nicht. Doch, vor drei Wochen. Da waren wir für einige Tage an der Nordsee. Ich leide an Asthma und Hausstauballergie. Da tut mir das Reizklima da oben zwischendurch richtig gut."

„Das Problem ist, dass Herr Klobrich nicht sagen kann, wann sich die Tat ereignet hat. Er hatte den Springbrunnen dieses Jahr noch nie eingeschaltet. Bis auf heute Morgen halt, wo er den Kopfschuss bei der bedauernswerten Maria bemerkte."

„Es tut mir leid, dass ich Ihnen nicht weiterhelfen kann."

Der Beamte runzelte die Stirn und starrte nachdenklich auf mein noch immer unbedecktes Geschlechtsorgan.

„Meine Güte! Das ist aber wirklich mal ein Mordsinstrument."

„Mit dem ich der Mutter Gottes jedoch nichts angetan habe."

„Schon klar", beeilte er sich zu sagen, wurde rot und sah mir ertappt in die Augen. „Glauben Sie, dass es unter den Studenten, also inmitten dieser quatschenden Horde, jemanden geben könnte, der ein Kleinkalibergewehr besitzt? Und könnten Sie sich vorstellen, dass dieser Typ während einer Gartenparty auf die Idee kommen könnte, seinen Freunden zu zeigen, dass in ihm ein ganzer Kerl steckt und verbotene Schießübungen absolviert?"

„Keine Ahnung! Aber zuzutrauen ist solchen Leuten alles."

„In Ordnung. Dann werde ich jetzt mal ein Stockwerk höher gehen."

„Und ich werde endlich meine Frau von ihren Handschellen befreien."

„Wird die nicht mächtig böse auf Sie sein?"

„Da können Sie aber einen drauf lassen. Stellen Sie sich schon mal darauf ein, dass hier im Haus gleich die Wände wackeln."

„Und da kann man nichts gegen machen, Herr Rosenberg-Bratz?"

„Sie meinen…?"

„Warum nicht?"

„Sie wollen sagen, dass ich sie einfach … hängen lassen soll?"

„Natürlich nicht bis in alle Ewigkeit. Nur, bis sie ohnmächtig ist."

„Und dann?"

„Dann heben Sie sie vom Kreuz, betten sie in weiche Kissen, kochen ihr einen Tee und holen sie sanft zurück ins Leben."

„Wie Jesus?"

„Genau."

„Klingt aber ein wenig brutal. Ist das denn legal?"

„Heiligt der Zweck nicht die Mittel, Herr Rosenberg-Bratz? Ich begebe mich jetzt zumindest auf die Suche nach den Mördern der Mutter des wiederauferstandenen Gekreuzigten."

„Und dann?"

„Dann überführe ich sie und … nagele sie fest."

72

Die Party

„Wir sind zu einer Party eingeladen, Ingo. Und du musst mit."

„Ich muss gar nichts! Nur sterben und aufs Klo."

Meine Frau, die gerade in einer Plastikschüssel das Instantpulver einer Champignoncremesuppe mit dem einer Tomatensuppe vermengte, reagierte nur mit einem Achselzucken.

„Du kannst von mir aus protestieren, bis du schwarz wirst. Auf jeden Fall kommst du mit."

„Eher friert die Hölle ein", versuchte ich noch einmal, meine innersten Gefühle auf den Punkt zu bringen. „Ich hasse Partys!"

„Warum eigentlich? Partys sind toll."

„Gar nicht! Partys sind was für Kinder und geistig Unterbelichtete."

„Du bist ein Spaßmuffel, Ingo. Ich liebe Partys."

„Du liebst es, wenn sich übergewichtige, verlebt aussehende Menschen in alberne Klamotten zwängen, sich bemalen und stylen wie schwule Indianer, den ganzen Abend Blödsinn verzapfen, albern kichern, sich betrinken und schließlich schwitzend und grölend zu der Musik ihrer Jugend wie Urwaldaffen durch die Gegend springen?"

„Ja."

„Das sieht dir ähnlich. Dann geh doch hin und benimm dich wie ein pubertierender Teenager. Ich komm nicht mit."

„Und ob du mitkommen wirst", erwiderte meine Gattin seelenruhig und schüttete die merkwürdige Pulverkreation in den Wasserkocher.

„Wer feiert denn überhaupt, du Sonnenschein meines Lebens?"

„Der Bauer hier aus der Straße. Der, der vor ein paar Monaten mit seiner Frau und seinem komischen Mops drei Häuser weiter eingezogen ist."

„Wir haben einen Landwirt in unserer Straße? So völlig ohne Hof, Kühe und Weiden? Hat sich der Typ für seinen Job da nicht irgendwie den falschen Wohnort ausgesucht?"

„Der Mann *heißt* Bauer, du Spinner. Karl Bauer! Und er ist nicht Landwirt, sondern Beamter im Finanzamt."

„Oh Scheiße! Ein Staatsmafiosi. Was feiert der denn? Seinen Aufstieg zum Abteilungspaten? Oder hat sich ein Klient von ihm beim Ausfüllen der Steuererklärung aus Verzweiflung das Leben genommen?"

„Er feiert seinen 50. Geburtstag", gurrte Rosi und schaltete den Wasserkocher ein, der daraufhin fauchend mit seiner Arbeit begann.

„Seinen 50. Geburtstag? Sind wir noch recht bei Sinnen, du Henne? Ich gehe doch nicht zu so einer Altenheimveranstaltung?"

„Altenheimveranstaltung? Du scheinst vergessen zu haben, dass du auch bereits 45 bist. Glaube mal nicht, dass dein zotteliger Pferdeschwanz dich irgendwie jünger macht."

„Da liegen immerhin fünf Jahre zwischen mir und diesem Mops-Staatsdiener. Das ist eine Ewigkeit."

„Übertreib nicht. Fünf Jahre sind gar nichts."

„Ich erinnere dich daran, wenn unsere Klara nächste Woche mit ´nem 18-Jährigen daherkommt. Mal sehen, wie tolerant du dann noch bist."

„Klara ist zwölf!"

„Hä?"

„Unsere große Tochter ist zwölf, nicht dreizehn."

„Ach so, die feine Dame will mal wieder alles besser wissen."

„Aber wenn sie doch nun einmal zwölf ist."

„Warum musst du mir eigentlich immer widersprechen?"

„Weil es zumeist nötig und sinnvoll ist."

„Egal! Der 18-Jährige wäre so oder so zu alt für sie."

„Darum geht es doch überhaupt nicht."

„Wohl! Es geht darum, dass fünf Jahre Altersunterschied bei Menschen eine unendlich große Zeitspanne sind. Da prallen doch völlig unterschiedliche Denkweisen, Lebensansätze und Kulturen aufeinander. Vor allem zwischen freischaffenden Künstlern und Beamten."

„Meine Güte, Ingo. Du bist Müllsortierer und kein Künstler. Wenn Beschränktheit kreativ machen würde, hättest du schon mehrere Bestseller geschrieben."

„Lass meine Bücher aus dem Spiel. Meine Zeit kommt noch."

„Und als nächsten Papst wählen sie eine lesbische Gender-Aktivistin."

„Du immer mit deinen Fachausdrücken. Die versteht kein Mensch."

„Was hast du denn jetzt schon wieder nicht kapiert?", fragte meine Frau, während sie die inzwischen fertige Suppe in eine Thermoskanne schüttete. „*Papst* oder *Aktivistin*?"

„Vergiss es, du Nuss! Dir ist schon klar, dass du den Wasserkocher auf diese Weise völlig zerstörst, ja? Schon mal darüber nachgedacht, dass man Suppe auch wie ein normaler Mensch im Topf kochen kann?"

„Wollte ich ja, doch ich habe keinen sauberen gefunden. Und ich hatte echt keine Lust darauf, erst noch einen zu spülen."

„Und wenn ich mir heute Abend in dem Kocher meinen Glühwein mache, schmeckt der wieder nach Tomate."

„Du könntest dir dein Gesöff ja auch mal in einem Topf zubereiten."

„Geht nicht, Rosi."

„Warum?"

„Kein sauberer mehr da."

„Dann spüle einen."

„Kacktusse!"

„Ich weiß zwar nicht, was das in diesem Zusammenhang soll, doch es heißt Kakteen, du Wortakrobat. Der Plural von Kaktus lautet Kakteen."

„Das weiß ich, Rosi. Aber ich meinte dich."

XXX

Einen Atemzug nachdem ich den Klingelknopf des winzigen Einfamilienhauses mit den kitschigen Gartenzwergen im Vorgarten gedrückt hatte, wurde die Tür so stark aufgerissen, als hätte man den ganzen Abend nur auf uns gewartet. Ich benötigte keine Sekunde, um zu begreifen, dass der Hauseigentümer und Jubilar höchstpersönlich vor mir stand. Sowohl sein übergewichtiger, kurzer Körper als auch sein bebrilltes Allerweltsgesicht sahen dermaßen langweilig und nichtssagend aus, dass ich diesen Kerl in einem Restaurant wahrscheinlich selbst dann nicht wahrgenommen hätte, wenn er mir einen Becher Kaffee über meine Armee-Jacke geschüttet hätte. Dafür trug er jedoch ein eng anliegendes, seine Herrenbrüste stark betonendes T-Shirt mit der Aufschrift *„Ich bin nicht 50, sondern 18! Mit 32 Jahren Erfahrung".*

„Hallöchen!", prustete der Spießer so laut, als meinte er den Mann im Mond und nicht Rosi und mich. „Ihr seid bestimmt dieses verrückte Schriftstellerpaar, nicht wahr? Habe schon viel von euch gehört."

Er streckte mir eine wurstige Hand entgegen.

„Gestatten, Karl Bauer!"

Ich ergriff die Flosse, die sich anfühlte, wie ein rohes Schnitzel.

„Angenehm", log ich und sah angestrengt an ihm vorbei. „Ich hoffe, du glaubst nicht alles, was man sich über uns erzählt. Davon stimmt nur die Hälfte. Die Leute hier haben uns nämlich auf'm Kieker. Keine Ahnung, warum. Denn wir sind total normal. Zumindest ich."

„Ach", erwiderte der Kleine und rückte sich seine riesige Kassenbrille zurecht. „Die meisten Geschichten fand ich äußerst interessant. Zum Beispiel, was du abends so in deinem Garten veranstaltest. Und das mit dem Springbrunnen vom Klobrich war auch nicht ohne."

„Das war ich nicht!", wehrte ich mich eloquent. „Das waren diese asozialen und schießwütigen Sozialpädagogikstudenten, die bei uns im Haus wohnen."

„Da bin ich aber froh, dass die heute nicht hier sind", lachte Karl der Käfer. „Wir haben auch einen Springbrunnen, und ich hätte ihn gerne noch etwas länger."

„Hast du auch so eine bescheuerte Heiligenfigur als Wasserspeier?"

„Nein, bei uns ist es ein steinerner Mops, der gerade Männchen macht."

„Oh Scheiße! Das ist ja noch schlimmer."

„Wie bitte?"

„Ich wollte damit nur sagen, dass ich so einen Brunnen super finde."

„Okay. Aber kommt doch erst mal rein."

„Muss das sein? Hier draußen steht es sich doch ganz gut."

„Ha, du bist echt witzig."

„Karl, dass du das sagst, bedeutet mir viel. Bevor ich´s vergesse: Herzlichen Glückwunsch zum Geburtstag und Danke für die Einladung. Wir, also besonders meine Frau, sind gerne gekommen."

„Vielen Dank. Ist das Geschenk für mich?"

„Nö!"

„Nö?"

„Nö! Ich habe vor, hier gleich einen Wettbewerb zu veranstalten, und der mit der hässlichsten Visage bekommt es als Trostpreis."

„Schöne Idee! Wird bestimmt lustig."

„Jetzt guck nicht so traurig. Natürlich ist es für dich. Soll ich es dir jetzt geben oder doch erst nach dem Wettbewerb?"

„Gib es mir lieber sofort. Lass mich raten. Sind das deine Bücher?"

„Richtig, Nostradamus! Ich denke mal, dass du sie noch nicht hast."

„Warum sollte ich sie hassen? Ich kenne sie doch gar nicht. Obwohl ich sie mir immer besorgen wollte. Wenn man schon mit einem Schriftsteller in derselben Straße lebt, sollte man dessen Werke auch kennen, oder? Man muss doch wissen, was der so draufhat."

„Blödsinn! Am Ende der Straße wohnt einer, der macht seit Jahren Karate. Ich gehe ja auch nicht hin und lasse mich von dem mal so richtig schön vermöbeln, nur um zu sehen, was der so draufhat."

„Da hast du recht. Du bist echt voll witzig. Fallen dir solche Sachen spontan ein?"

„Du, Karl. Entweder man hat es drauf oder nicht."

„Und du hast es drauf, was?"

„Richtig! Aber ich verrate dir ein Geheimnis. Man kann sich nur das locker aus dem Handgelenk schütteln, was man vorher hineingesteckt hat, kapiert?"

„Logo! Wie sind deine Bücher denn so?"

„Keine Ahnung. Habe sie noch nicht gelesen."

„War das wieder einer dieser Gags, die du dir vorher in den Ärmel gesteckt hast?"

„Nö! Das gerade war die Wahrheit."

„Aber wie geht das denn? Du hast sie doch geschrieben."

„Du wirst es nicht glauben, aber das geht. Ich habe mir aber sagen lassen, dass die Dinger Scheiße sind."

„Ich würde nichts auf die Meinung anderer geben. Über mich reden die Leute auch."

„Tja, Karl. In der Stadt lebt man zu seiner Unterhaltung, auf dem Land zur Unterhaltung der anderen."

„Genau! Ich werde mir die Bücher auf jeden Fall mal angucken."

„Du weißt aber schon, dass das keine Bilderbücher sind, ja?"

„Logo!"

„Wenn sie dir gefallen, kannst du mir ja 'ne positive Rezension bei Amazon schreiben. Kriegst auch 'ne Schachtel Fluppen dafür."

„Ich rauche leider nicht. Außerdem wäre das doch Bestechung."

„Nur, wenn ich dein Klient wäre, du die Bücher im Dienst liest, sie schlecht findest aber dennoch bereit wärest, mir heimlich eine positive Bewertung während deiner Arbeitszeit am Dienstrechner zu schreiben, um anschließend eine fette Belohnung dafür zu kassieren."

„Ich sehe mal, was sich machen lässt. Jetzt kommt aber rein."

XXX

Wir traten ein, um uns direkt mit der nächsten Katastrophe auf zwei Beinen konfrontiert zu sehen. Die Frau des Hauses kam wie ein Taifun auf uns zu und wirkte dabei wie Mutter Beimer aus der Lindenstraße.

„Sie müssen die Krügers sein, nicht wahr?"

Ich sah in das Gesicht der molligen Seriendarstellerin und antwortete:

„Kommt drauf an."

„Und worauf?"

„Ob Sie den Krügers noch Kohle schulden."

„Nein, eigentlich nicht."

„Dann sind wir Ingo und Rosi Rosenberg-Bratz. Also eigentlich Ingo Rosenberg und Rosi Bratz."

„Ach, das Schriftstellerpaar. Nichts für ungut, Herr Bratz. Ich bin Marianne Bauer. Schön, dass Sie es einrichten konnten."

„Ich freue mich auch wie bekloppt. Habe für die Party einen Poetry-Slam in Berlin und eine TV-Aufzeichnung in Köln sausen lassen."

„Wirklich? Es ist ja so aufregend, einen Buchautor im Haus zu haben."

„Also, ich könnte da an acht von zehn Tagen gut drauf verzichten", warf Rosi genervt ein. „Der Typ ist nämlich ganz schön durchgeknallt."

Die Bauer lächelte und fuhr sich durch die gewellte Dauerwelle.

„Müssen Künstler nicht ein wenig verrückt sein, Frau Rosenberg?"

„Ein wenig wäre ja okay, doch der Ingo gibt mir immer wieder Anlass, an seinem Geisteszustand zu zweifeln."

„Hallo?", rief ich entrüstet. „Ich bin im Raum!"

Mutter Beimer ergriff meinen Oberarm und drückte beherzt zu.

„Nichts draus machen, Herr Bratz. Was sich liebt, das neckt sich."

„Demnach müssten Rosi und ich das Liebespaar des Jahrtausends sein und gar nicht mehr aus der Kiste rauskommen."

„Jetzt vergessen Sie mal Ihre Sorgen und stürzen sich ins Getümmel. Jacken kommen an die Garderobe, Essen ist in der Küche, Getränke sind im Kühlschrank oder im Keller, getanzt wird im Wohnzimmer und geraucht wird draußen. Fühlen Sie sich also bitte wie zu Hause."

„Und wenn ich mich mit meiner Nörgel-Gattin mal für'n halbes Stündchen zurückziehen möchte?"

„Ich verstehe nicht."

„Na, wenn Rosi und ich uns mal ausnahmsweise nicht streiten, sondern stattdessen lieber ein bisschen knutschen und kuscheln wollen? Können wir dann das Schlafzimmer benutzen?"

Die Angesprochene schnaufte wie eine Dampflok und massierte sich unbewusst zunächst ihre linke und anschließend ihre rechte Brust. Dann erschien ein verschmitztes Lächeln auf ihrem Gesicht.

„Natürlich dürfen Sie das. Aber nur, wenn Sie mich mitnehmen."

„Da scheint sich vor mir aber ein stiller, tiefer See aufzutun, was?"

„Herr Bratz, Sie sind ein Schlingel. Sie und mein Karl haben wirklich viele Gemeinsamkeiten."

Nun war ich es, der mit Schnaufen an der Reihe war.

„Soll das eine Beleidigung sein?"

„Natürlich nicht."

„Aber warum sagen Sie dann so böse Sachen über mich?"

„Ich glaube, dieses Gespräch wird mir jetzt zu kompliziert, Herr Bratz. Fühlen Sie sich einfach wohl und tun Sie, was immer Sie für richtig halten." Ich schluckte meinen Groll auf das TV-Hausmütterchen hinunter, kramte meinen Tabakbeutel mit dem Cannabis-Tütchen aus der Jacke und nickte.

„In Ordnung, dann will ich mal vergessen, was ich eben gehört habe. Wenn Sie wohl so freundlich sein könnten, mir eine Flasche Wodka auf die Terrasse zu bringen. Ich gehe schon einmal vor."

XXX

„Fandst du die gut, Ingo?"

„Die Party?"

„Nein, die Frau."

„Welche Frau?"

„Stell dich nicht so blöd an. Die, mit der du getanzt hast."

„Ich habe mit keiner Frau getanzt."

„Ingo, verarsch mich nicht. Ich habe genau gesehen, wie du mit der Frau auf der Tanzfläche gestanden hast."

„Gestanden, nicht getanzt! Das ist ein Unterschied. Außerdem war mir nicht klar, dass das ´ne Frau war. Ich dachte, das war so ein … Mutant."

„Tu nicht so. Ich habe bemerkt, wie du ihr auf den Busen gestarrt hast."

„Ich habe ihr auf den Busen gestarrt?"

„Andauernd. Und mit regelrechten Stielaugen."

„Schwachsinn! Die Alte war knapp vierzig Zentimeter größer als ich und hat mich quasi gewissermaßen sozusagen mit aller Kraft gegen ihren gigantischen Vorbau gepresst. Ich kann von Glück reden, dass ich nicht erstickt bin."

„Aber auf so etwas stehst du doch, oder nicht?"

„Was? Aufs Ersticken?"

„Nein, auf große Brüste."

„Aber nicht, wenn diese Ballons nur ein Ziel verfolgen: Mich zu töten."

„Übertreib nicht so maßlos, Ingo."

„Wenn ich´s dir doch sage."

„Mit mir hast du auf jeden Fall nicht getanzt."

„Mit der doch auch nicht, verdammt noch mal! Ich habe mit der nur gelangweilt im Wohnzimmer rumgestanden. Ich habe ganz brav auf der Couch gesessen und mich mit diesem Bauarbeiter Stephan unterhalten, als diese Elefantenkuh auf mich zukam, mich aufs Parkett zerrte und versucht hat, mich umzubringen. Ich schwöre dir: Das war ´ne Auftragskillerin."

„Auftragskillerin? Ich habe die Schnauze voll von deinen Geschichten. Ich habe deutlich gesehen, wie du sie angelächelt hast."

„Angelächelt? Das war Todesangst, ehrlich."

„Und deine Hand auf ihrem Po?"

„Mach mal halblang! Ich habe sie höchstens nach Waffen abgetastet."

„Ingo, sei ruhig! Ich kann deine ewigen Lügen nicht mehr ertragen."

„Wer wollte denn da heute unbedingt hin? Ich auf jeden Fall nicht."

„Ach, jetzt bin ich daran schuld, dass du ´ne 25-Jährige angrabscht und mich vor aller Welt blamierst?"

„Klar, wer sonst? Wenn du nicht darauf bestanden hättest, dass ich mitkomme, wäre das nicht passiert."

„Was? Das Grabschen?"

„Nein, der ... Mordversuch. Ich war daran völlig unschuldig."

„Auch daran, dass du ihrem Freund ein blaues Auge gehauen hast?"

„Nee! Daran war er selbst schuld. Der hat sich nämlich so schnell weggedreht – sonst hätte er jetzt zwei."

„Das macht die Sache natürlich besser."

„Außerdem hat der angefangen."

„Er hat angefangen?"

„Ja! Hat gemeint, ich würde seine Perle anbaggern."

„Aber du hast sie doch angebaggert."

„Gar nicht! Höchstens sie mich."

„Du gibst es also zu?"

„Was?"

„Dass es kein Mordversuch war."

„Ich gebe gar nichts zu, denn schließlich stehe ich hier nicht vor Gericht. Außerdem kann ich nichts dafür, dass ich auf Frauen wie ein Magnet wirke. Ich bin eben immer noch ein ungemein attraktiver Mann. Schade, dass du so etwas nicht siehst."

„Du und attraktiv? Da lachen ja die Hühner. Erkläre mir lieber mal die Sache mit den Toilettenpapierrollen."

„Die sind mir wirklich zufällig ins Klo gefallen. Da kann ich nichts für."

„Beide gleichzeitig?"

„Manchmal passieren eben komische Dinge."

„Aber warum musstest du anschließend noch mehrmals die Spülung betätigen, so dass das ganze Badezimmer unter Wasser stand?"

„Habe halt versucht, die Dinger wegzuspülen. Wollte da nicht mit der Hand reingreifen, wo ich mich doch kurz zuvor über der Schüssel übergeben hatte. Du musst mir glauben: Das war ein totales Unglück."

„Dann war es wohl auch ein Unglück, dass du diesem armen Karl Bauer anschließend lautstark vor seinen Gästen erklärt hast, dass du so dringend pinkeln musstest, dass du wegen des verstopften Klos sein Waschbecken benutzen musstest?"

„Das war kein Unglück. Das war die Wahrheit."

„Und war es auch die Wahrheit, dass dir dabei zufällig seine Zahnbürste ins Becken gefallen ist?"

„Ich gebe zu, dass das gelogen war."

„Sie ist dir also nicht ins Waschbecken gefallen?"

„Nee, ich habe sie extra hineingelegt. Aber dafür schäme ich mich jetzt auch ganz doll."

„Weißt du was, Ingo? Ich schäme mich dafür, dass es mein Mann war, der diesem netten Finanzbeamten die Party versaut hat."

„Ich habe sie ihm nicht versaut. Ich habe sie … interessanter gemacht. Ohne mich wäre sie doch todlangweilig gewesen."

„Du hast sie interessanter gemacht?"

„Klar! Du hättest mal sehen sollen, was die Leute auf der Terrasse für einen Spaß hatten, nachdem ich den Joint rumgereicht und die Schüssel mit heißem Spülwasser in den Springbrunnen geschüttet hatte. Die Seifenblasen vor dem Maul des Steinmopses waren echt der Kracher."

„Und die zwei Flaschen Tabasco in der Erdbeerbowle?"

„Das war die Schuld von diesem riesigen Maurer. Der hat um eine Kiste Bier gewettet, dass ich mich das nicht trauen würde. Und über die Feuerspuckeinlage von Frau Bauer haben schließlich alle gelacht."

„Ist dir klar, dass so etwas gesundheitsschädlich ist?"

„Was? Lachen?"

„Nein, Tabasco in einer Erdbeerbowle."

„Gesundheitsschädlich waren diese komischen Kegelbrüder von dem Bauer, diese *Flachleger*. Hast du dich mal mit einem von denen unterhalten? Die waren dumm wie Bohnenstroh und verständigten sich ausschließlich mit Handzeichen und Grunzlauten."

„Hast dich mit ihnen aber prächtig amüsiert, als du mit denen im Flur dieses hirnrissige Kegelturnier veranstaltet hast."

„Stimmt, das war lustig."

„Ich frage mich nur, warum ihr unbedingt Mariannes Sektgläser aus dem Wohnzimmerschrank benutzen musstet."

„Ganz einfach! Es waren keine Kegel da. Das muss man sich mal vorstellen: Da ist dieser Mann im Kegelverein und hat keine Kegel da."

„Dafür aber wertvolle Sektgläser und eine Melone."

„Das mit der Melone war ´ne super Idee von mir. Musst du zugeben."

„Nein, Ingo! Das war keine super Idee von dir. Da laden uns so freundliche Leute zu ihrer Feier ein, und dir kommt nichts Besseres in den Sinn, als dich wieder mal völlig danebenzubenehmen. Ich kann mich doch hier in der Straße morgen nicht mehr blicken lassen."

„Dann bleib doch im Haus. Mit deinem Aussehen würde ich es mir sowieso überlegen, ob ich mich in die Öffentlichkeit wagen würde."

„Ich meine es ernst."

„Und ich erst. An deiner Stelle würde ich da mal was machen lassen. Darüber hinaus bin ich es doch gewesen, der den Mist gemacht hat."

„Ja, und dieser Mist fällt auf mich zurück."

„Blödsinn!"

„Komm, geh ins Bett! Ich kann dich nicht mehr sehen."

„Wäre da nicht mal wieder ein Besuch beim Augenarzt angebracht?"

„Ingo, ich *will* dich nicht mehr sehen!"

„Mach doch die Glubscher zu."

„Ich warne dich! Lange mach ich das nicht mehr mit. Bald kannst du dir eine andere suchen, die diesen ganzen Schwachsinn mit dir erträgt."

„Warum gehen wir beide nicht irgendwohin, wo jeder von uns alleine sein kann?"

„Ingo!"

„Lass uns *Halt die Klappe!* spielen – du fängst an."

„Du bist primitiv."

„Ich glaube, ich müsste noch irgendwo die Handynummer von dieser Party-Schnecke haben. Die ist nämlich wieder Single."

„Dann geh doch zu deinem Busenwunder. Denkst du, dass es nicht auch für mich noch interessante Männer gibt?"

„Bestimmt! Solltest bei deiner Partnerwahl aber darauf achten, dass der neue Hansel nicht so großen Wert auf gutes Essen und eine saubere Wohnung legt. Und achte auch darauf, dass er so eine Armbinde trägt – und zwar eine mit drei Punkten."

„Mach nur deine Sprüche. Ich bin jedenfalls nicht auf so einen Komplettversager wie dich angewiesen, der stets nur an sich denkt."

„Komplettversager?"

„Du hast mich schon verstanden. Du bist peinlich und lächerlich."

„Das meinst du doch nicht ernst, oder? Ich habe Bücher geschrieben."

„Bleib mir weg mit diesem Schrott. Deine Bücher sind so schlecht, dass es beim Lesen weh tut. Die werden höchstens als die Werke in die Geschichte eingehen, die sich aus Scham selbst entzündet haben."

„Meine Bücher sind nicht schlecht. Es hat nur noch keinen gegeben, der sie verstanden hat. Außerdem überlegt Karl ernsthaft, mir eine positive Rezension bei Amazon zu schreiben. Du, der ist wirklich intelligent."

„Merkst du eigentlich gar nicht, wie verlogen du bist? Bis vor wenigen Augenblicken hast du Karl noch für einen spießigen Idioten gehalten."

„Noch nie was davon gehört, dass sich Meinungen ändern können?"

„Quatsch nicht und geh ins Bett, Ingo. Ich schlafe heute auf der Couch."

„Und wenn ich auf der Couch schlafen möchte?"

„Denkst du, dass du mit deinem schlechten Benehmen auch noch das Recht hast, Ansprüche zu stellen?"

„Ich muss mich also gut benehmen, um auf der Couch schlafen zu dürfen? Interessant. Dann ist das Schlafzimmer jetzt also die Strafe und die Couch die Belohnung."

„Halt die Luft an – und zwar für mindestens fünf Minuten."

„Gut, dann noch viel Spaß mit deiner Belohnung. Aber beschwere dich morgen nicht, wenn du wieder den ganzen Tag Rückenschmerzen hast."

„Raus, du Vollpfosten!"

„Ich könnte dir auch noch die kaputte Luftmatratze aus dem Keller holen und sie dir ins Holzlager legen. So als Doppel-Mega-Belohnung."

„Raus!"

„Okay, du hast gewonnen. Ich gehe jetzt und klöpple mir einen mordsmäßigen Racheplan zurecht. Das wird dir noch leidtun, mich so herzlos ins gemütliche Schlafzimmer und ins weiche Bett abgeschoben zu haben. Das schwöre ich dir!"

Das älteste Gewerbe der Welt

„Hallo Süßer. Wie heißt du denn?“

„Ingo! Und du?“

„Sag ich nicht. Ist gegen die Regeln.“

„Blöde Regeln.“

„Sind aber nun mal so.“

„Kann man nichts machen.“

„Und Ingo, so ganz alleine unterwegs?“

„Bist du blind? Meine fünf Kumpels sitzen doch auf der Rückbank.“

„War das ein Witz? Ich sehe keine.“

„Dann sind sie wohl im Kofferraum.“

„Echt jetzt? Im Kofferraum? Was machen die denn da drin?“

„Die verstecken sich.“

„Warum?“

„Ich würde sagen, die wollen nicht, dass man sie sieht.“

„Und wieso?“

„Weil wir eine Bande von ganz fiesen Typen sind, die nachts Bordsteinschwalben ins Auto locken, um sie danach in Osteuropa bei IKEA an der Kasse arbeiten zu lassen.“

„In Osteuropa? Bei IKEA? Das ist ja Folter. Weißt du, wie voll das da immer ist?“

„Pech! Das Leben ist eben kein Wunschkonzert.“

„Ihr seid aber böse. Passen die denn da eigentlich alle rein?“

„Wer? Die Bordsteinschwalben?“

„Nein, deine fünf Kumpels?“

„Siehst du doch. Wenn keiner von denen auf der Rückbank hockt, sind sie im Kofferraum.“

„Na gut, Ingo. Wollen wir jetzt mal endlich zur Sache kommen? Mein Aufpasser auf der anderen Straßenseite guckt schon ganz komisch.“

„Dein Aufpasser? Sehe keinen.“

„Der hat sich auch versteckt.“

„Versteckt? Warum?“

„Ich würde sagen, der will nicht, dass man ihn sieht.“

„Klingt logisch.“

„Dann wäre das also geklärt. Leg los, Ingo.“

„Ich soll loslegen?“

„Ja.“

„Womit?"

„Ist wohl dein erstes Mal, was?"

„Ja, aber verrate es nicht weiter. Ich habe einen Ruf zu verlieren – und zwar einen schlechten."

„Versprochen! Du musst mich nun *wie viel?* fragen."

„Wie viel?"

„Ja, Ingo. Du musst nach meinem Preis fragen."

„Wenn du das sagst. Also, wie viel?"

„Wie viel?"

„Äh, ja, wie viel?"

„Wie viel was, Ingo?"

„Keine Ahnung. Hilf mir doch mal, du Nuss."

„Nein, das musst du schon alleine hinkriegen. Versuch es nochmal."

„Meine Güte, ist das kompliziert. Da vergeht einem ja die Lust."

„Beeile dich bitte ein wenig. Igor wird schon ungeduldig."

„Von mir aus. Also nochmal: Wie viel?"

„Was?"

„Äh…, ja, du."

„Ich?"

„Ja, du."

„Wie viel ich? Ich bin alleine."

„Mann, du machst den Job aber auch noch nicht lange, was?"

„Stimmt, heute ist mein erster Arbeitstag."

„Scheiße, so etwas kann auch nur mir passieren. Also gut, ich will wissen, was du kostest."

„Was ich koste? Das kommt ganz drauf an, was du willst."

„Na dich, du Erbsenhirn."

„Schon klar, Ingo."

„Also?"

„Also?"

„Also, was kostest du?"

„Das kann man so pauschal nicht sagen."

„Kann man nicht?"

„Nee."

„Und warum nicht?"

„Weil das davon abhängt, was du dir wünscht. Du kannst dich doch auch nicht mitten in einen Supermarkt stellen und *wie viel?* brüllen."

„Kann ich doch."

„Klar, aber du wirst keine Antwort kriegen."

„Warum nicht?"

„Weil keiner weiß, auf welches Produkt sich deine Frage bezieht."

„Aber die Sache stellt sich hier doch wohl ein wenig anders dar, oder nicht?"

„Warum?"

„Weil ich doch augenscheinlich nur dich haben will."

„Schon klar. Fragt sich nur, zu welchem Preis."

„Bist du dumm? Den wollte ich doch soeben erfragen."

„Schon verstanden. Doch der hängt nun einmal davon ab, was ich machen soll."

„Was du machen sollst? Na, deinen Job."

„Und was genau, Ingo?"

„Was kannst du denn?"

„Alles!"

„Alles?"

„Ja, Ingo."

„Ups, das ist viel."

„Genau. Also, was willst du?"

„Wenn du alles kannst, will ich auch alles."

„Das geht nicht, Ingo."

„Warum?"

„Geht aus technisch biologischen Gründen nicht – zumindest nicht in einer Nacht. Oder kannst du ein Dutzend Mal direkt hintereinander?"

„Nö! Aber wer kann das schon?"

„Chuck Norris!"

„Gut, der wird's wohl können. Aber der ist ja jetzt nicht hier."

„Stimmt, wäre mir aufgefallen. Also, was willst du?"

„Was wollen denn die anderen Männer so?"

„Keine Ahnung, ist ja mein erster Tag heute."

„Hast du denn nicht irgendwo eine Ausbildung oder zumindest ein Praktikum gemacht?"

„Nein, aber ich habe mir Filme darüber angesehen."

„Die habe ich auch gesehen. Biete mir doch einfach mal was an."

„Also, Ingo. Ich kann es dir zum Beispiel auf Französisch, Griechisch oder Spanisch machen."

„Nee, nee du. Das läuft bei mir nicht. Ich spreche nur Englisch, und das auch nur gebrochen. Wie steht´s denn mit Deutsch?"

„Also ganz normal?"

„Normal ist völlig in Ordnung. Bin ja nicht zum Spaß hier."

„Schön, Ingo. Würde dich sechzig Euro kosten."

„Sechzig Euro? Ich will dich nicht kaufen, mit nach Hause nehmen und ein Leben lang an der Backe haben."

„Ich weiß. Das ist auch nur der Preis für eine halbe Stunde."

„Gut, dann will ich dich für fünf Minuten, und du bekommst nachher einen Zehner von mir."

„Fünf Minuten, Ingo?"

„Richtig."

„Geht nicht."

„Warum nicht?"

„Weil man in fünf Minuten nichts Ordentliches gebacken kriegt. Schon gar keinen kompletten Akt in Deutsch."

„Wohl! Der dauert bei uns zuhause auch nie länger."

„Das tut mir zwar leid, aber bei mir läuft so etwas dennoch nicht."

„Und wenn ich vorher schon mal alleine anfangen würde, und du dich anschließend dienstleistungstechnisch dazugesellen würdest?"

„Wie?"

„Du verstehst mich schon."

„Ich glaube nicht, Ingo."

„Na, du sitzt sexy neben mir und quatscht die ganze Zeit so heiße Sachen, während ich alleine ein wenig…"

„Klar, und kurz bevor du in Heimwerker-Handarbeitsmanier den 7. Himmel erreichst, schnippst du mit den Fingern, und ich erledige für´n Zehner den Rest, was?"

„Quasi gewissermaßen sozusagen."

„Und das fändest du gut?"

„Jawoll!"

„Hast du gerade etwa salutiert?"

„Kann sein."

„Musst du nicht tun, Ingo. Es sei denn, du stehst auf Rollenspiele."

„Ich stehe nicht auf Rollenspiele."

„Wie dem auch sei. Zumindest ist dein Vorschlag nix."

„Das ist aber nicht sehr kundenfreundlich."

„Ist so! Mein Aufpasser macht mich einen Kopf kürzer, wenn ich nach einer halben Stunde zurückkomme und nur zehn Euro vorzuweisen habe."

„Vielleicht könnte ich ja mal mit dem sprechen.“

„Du willst mit meinem Luden sprechen? Mit Igor?“

„Der lässt bestimmt mit sich handeln.“

„Pass mal auf, du langhaariger Bombenleger. Der zerrt dich aus deiner verrosteten Karre, lacht sich über deinen Vorschlag kaputt und bricht dir anschließend genüsslich sämtliche Gräten.“

„Das wäre aber blöd.“

„Stimmt.“

„Und nun?“

„Pass auf, Ingo. Wie viel Geld hast du dabei?“

„Fünfzig.“

„Okay, dann mache ich dir heute mal ein Supersonderangebot. Sozusagen als Einstiegspreis. Einverstanden?“

„Das heißt, dass mit dem Zehner geht klar?“

XXX

„Kann ich jetzt endlich einsteigen, Ingo?“

„Einsteigen?“

„Na, was denkst du denn? Wie willst du dein Vorhaben durchziehen, wenn du im Auto sitzt und ich hier draußen an Unterkühlung sterbe?“

„Was hast du auch so ein kurzes Röckchen an?“

„Das habe ich an, um euch Kunden anzuheizen.“

„Dumm gelaufen. Deinen Kunden wird warm, und du frierst.“

„Tja, Ingo. Das ist das bittere Los eines Straßenmädchens. Darf ich jetzt rein?“

„Weiß nicht. Eigentlich nicht so gerne.“

„Sag mal, willst du überhaupt?“

„Jawoll! Ich bin heiß wie Frittenfett.“

„Du hast schon wieder salutiert.“

„Sorry! Zumindest wusste ich nicht, dass du dafür in mein Auto einsteigen musst. Hier drinnen sieht´s aus wie Sau – und das ist noch untertrieben.“

„Beim Einsteigen allein bleibt es nicht. Wir fahren auch noch ein Stückchen.“

„Wir fahren ein Stückchen?“

„Natürlich, Ingo.“

„Wir beiden? In meinem Auto?“

„Ja! Meins werde ich jetzt wohl kaum holen, und Igor leiht uns seinen Ferrari höchstwahrscheinlich auch nicht.“

„Aber ich juckele doch nicht mit 'ner bemalten Nutte auf dem Beifahrersitz durch die Gegend. Stell dir mal vor, uns sieht jemand. Münster ist jetzt nicht so weit von meiner Heimatgemeinde entfernt.“

„Ist dir das unangenehm?“

„Klar! Ist doch voll peinlich.“

„Ach, das ist dir peinlich? Aber mit laufendem Motor eine halbe Stunde am Straßenstrich zu stehen und mit mir vor aller Welt über Preise zu verhandeln ist in Ordnung, was?“

„Weiß nicht.“

„Pass mal auf, du verklemmter Zottel. Ich gebe meinem Aufpasser jetzt ein Zeichen, und dann feiert dein Arsch Hochzeit.“

„Okay, okay! Steig ein. Aber lass mich noch eben den Stadtplan, die Bierdosen, die McDonald`s-Papiere, den halben Hamburger und die Bananenschalen vom Sitz nehmen. Dauert auch nur zwei Minuten.“

XXX

„Halt da vorne an, Ingo.“

„Wo?“

„Da vorne.“

„Ist da ein Hotel?“

„Nein, ein abgelegener Parkplatz.“

„Ich will aber lieber ins Hotel.“

„Kein Problem. Würde dich aber mindestens noch vierzig Euro extra kosten.“

„Und wenn ich an der Rezeption sage, dass ich kein Frühstück möchte?“

„In den Hotels, wo Zimmer stundenweise angeboten werden, haben die sowieso kein Frühstück.“

„Gut, dann wird es ja billiger.“

„Wird es nicht. Und jetzt halt da vorne an.“

„Da stehen aber schon Autos.“

„Ich weiß! Da sind meine Kolleginnen mit ihren Freiern drin.“

„Du meinst…? Das ist ja ekelig.“

„Quatsch! Jetzt krieg mal nicht gleich rote Ohren. Denen sind wir völlig egal.“

„Es ist mir aber nicht egal, wenn sich hier überall Leute rumtummeln. Hier sieht´s ja aus wie auf ´nem beschissenen Supermarkt-Parkplatz am Ostersamstag."

„Mensch, Zottel! Wir stoppen die Karre, vollbringen unser Ding und sind im Handumdrehen wieder weg."

„Und wenn doch einer guckt? Vielleicht erkennt mich ja jemand."

„Macht doch nichts, Ingo."

„Warum?"

„Weil du die Person in diesem Moment doch auch erkennen würdest. Oder bist du etwa ein Promi?"

„Die einen sagen so, die anderen so."

„Hä?"

„Quatsch! Bin kein Promi."

„Dann ist doch alles in Butter. Ihr wäret sozusagen quitt."

„Du meinst, er hält die Klappe und ich auch."

„Genau."

„Ich bin mir aber immer noch nicht ganz sicher."

„Ich dachte, du bist heiß wie Frittenfett."

„Bin ich ja auch."

„Dann halt endlich diesen Mülltransporter an. Ich habe nicht die ganze Nacht Zeit."

„Gut so?"

„Ja! Und nun den Motor abstellen."

„Warum?"

„Macht man so. Wegen der Umwelt."

„Wegen der Umwelt?"

„Klar! Autoabgase zerstören die Ozonschicht. Bist du nie zur Schule gegangen?"

„Doch, aber nur, um mit den Mädchen auf dem Klo rumzumachen."

„So siehst du aus, du Schwätzer. Motor abstellen."

„Alles, was du willst. Und jetzt?"

„Hose auf."

„Was?!?"

„Schrei hier nicht so laut rum, Ingo. Die anderen denken sonst, ich würde mit dir ´ne Sadomaso-Nummer abziehen und dich grün und blau prügeln."

„Aber…"

„Nix aber! Hose auf."

90

„Das geht mir jetzt aber alles ein bisschen schnell."

„Was willst du denn vorher noch machen? Kerzen aufs Armaturenbrett, ´ne Kuschelrock-CD einlegen, stundenlang Händchenhalten und dazu ´ne gute Flasche Wein?"

„Keine Ahnung."

„Ich aber, Ingo. Mach deine Buxe auf und entspanne dich."

„Kann ich mich nicht einfach so ein wenig entspannen?"

„Vergiss es! Wenn dein Fett nun schon mal heiß ist, möchte ich mir auch ´ne Portion Pommes darin zubereiten."

XXX

„Dann hau rein, Ingo."

„Du auch."

„War nett mit dir."

„Ich fand es auch schön."

„Weißt du was?"

„Nee."

„Hier hast du deine Kohle wieder."

„Nein, behalte sie. Hast sie dir verdient."

„Aber es ist doch nichts gelaufen, Ingo."

„Aber du warst dennoch über dreißig Minuten weg. Denk an deinen Zuhälter."

„Du dummer Geschichtenerzähler. Es gibt keinen Zuhälter. Ich arbeite selbstständig als erotisch umweltbewusste Ich-AG."

„Aber?"

„Das mit meinem Aufpasser erzähle ich jedem neuen Kunden. Als Einschüchterung."

„Ich dachte, das wäre dein erster Arbeitstag heute."

„Ingo, lass gut sein. Nimm das Geld und fahre nach Hause. Und wenn du in Zukunft Probleme mit deiner Ehe oder deinem Leben hast, lass dir etwas anderes einfallen, als wie ein trotziger Junge gleich zum nächsten Straßenstrich zu fahren, um es deiner Gattin auf so unreife Art heimzuzahlen. Das ändert an der Gesamtsituation nämlich gar nichts."

„Du hast gut reden. Was soll ich denn machen?"

„Hast du es schon mal mit Sprechen versucht?"

„Mit meiner Frau kann man nicht sprechen."

„Ach, aber mit dir, was?"

„Klar! Ich bin empathisch und ein wahnsinniger Zuhörer."

„Du bist höchstens ein wahnsinniger Idiot."

„Danke, du hilfst mir wirklich enorm."

„Ingo, in zwei Wochen ist Weihnachten. Versuch doch mal, die nächsten 14 Tage und das Fest dazu zu nutzen, dir über das klar zu werden, was du wirklich fühlst und empfindest."

„Und dann?"

„Dann machst du das, was dein Herz dir rät. Aber überlege genau, bevor du etwas unternimmst. Es gibt mitunter Dinge, die sich nicht so einfach rückgängig und ungeschehen machen lassen."

„Von mir aus."

„Und keine spontanen, kindischen und blödsinnigen Rache- und Vergeltungsaktionen mehr, okay?"

„Gebongt! Und wenn doch, komme ich zu dir. Danke für alles."

„Keine Ursache. Ist mein Job."

„Angenehme Nacht noch."

„Dir auch. Ach Ingo, da wäre noch eine Sache."

„Ja?"

„Räum deine Rostlaube auf! Der Müll in der Karre ist `ne Zumutung. Da holt man sich als sauberes Straßenmädchen ja sonst was."

„In Ordnung."

„Hätte ich nicht sofort gemerkt, dass du nur labern wolltest, wäre ich da nie im Leben eingestiegen."

„Du hast es sofort gemerkt?"

„Hey, ich bin Profi und verdammt talentiert in dem, was ich tue."

„Okay, dann mach´s mal gut."

„Wie jetzt? Nun auf einmal doch? Weißt du eigentlich, was du willst?"

Die Sache mit dem Glück und der Heiterkeit

Als der Baum Feuer fing, breitete sich eine nie gekannte Freude in mir aus. Meine Frau, mit der ich seit der Party von Karl Bauer noch immer völlig unverständlicherweise im Dauerclinch lag und permanent so etwas wie die heiße Phase des Kalten Krieges nachspielte, riss schockiert die Augen auf, drehte sich um und wollte schon losrennen, um irgendwoher irgendeinen Eimer mit Wasser zu holen, als ich ihr besonnen eine Hand auf den Arm legte.

„Ruhig, Braune. Alles gut."

Während unsere Kinder, Tante Hilde und Oma Hanna vor Schreck und Panik schrien, kreischten und fast starben, sah mich Rosi an, als hätte ich mich gerade vor ihren Augen in ein violettes Meerschweinchen mit Zungenpiercing und Augenklappe verwandelt.

„Spinnst du?", brachte sie schließlich gepresst hervor. „Wir müssen den Brand löschen!"

„Ruhig, Braune", wiederholte ich mich mit nachsichtigem Tonfall. „Natürlich muss das Ding gelöscht werden. Aber ich denke, dass wir das mal schön Profis überlassen sollten. Ich werde die Feuerwehr rufen."

„Die Feuerwehr? Bis die hier ist, steht die komplette Bude in Flammen!" Sie riss sich von mir los und warf zunächst einen Blick auf die inzwischen auf dem Sofa kauernden Sippenmitglieder und dann auf den vertrockneten Weihnachtsbaum, der inzwischen mehr einem brennenden Ku-Klux-Klan-Kreuz denn einer Nordmanntanne aus dem Jahr 2010 glich. „Ich hole Wasser!"

„Lass mal schön sein", mahnte ich und stellte mich der ziemlich Nervtötenden in den Weg. „Hast du mal an die möglichen Folgen gedacht?"

„Welche Folgen?", keifte meine Frau und hielt sich einen Ärmel vor die Nase, um besser atmen zu können.

„Na, zum Beispiel die rechtlichen", erwiderte ich und fuhr fort: „Ein Schaden ist quasi gewissermaßen sozusagen nur dann ein Schaden, wenn er auch als solcher behandelt wird. Und dazu gehört nicht nur, dass man sich im Brandfall anschließend bei der Versicherung, sondern vorher auch bei der Feuerwehr meldet, damit der komplette Vorgang ordnungsgemäß dokumentiert, abgearbeitet und analysiert wird. Denk nur mal an das Löschwasser. Ich habe letztens noch im Radio gehört, dass bei Bränden die größten Schäden nicht durch das Feuer, sondern durch Wasser und unprofessionelles Handeln verursacht werden." Auf dem Sofa warf sich Tante Hilde, die in ihren Stützstrümpfen so lauffaul war, dass es ihr nicht eine Sekunde in den Sinn kam, den inzwischen völlig verqualmten Raum zu verlassen, beschützend und kauend über einen Teller mit geschmolzenen Dominosteinen.

„Ingo!", keuchte meine Gattin, die inzwischen kaum noch Luft bekam und röchelte wie eine Strangulierte kurz vorm finalen Finish. „Das ist doch wohl nicht dein Ernst. Willst du, dass wir hier alle ersticken?"

Nicht alle, dachte ich, hielt aber die Schnute.

„Nö." Und mit einem Blick auf die Kinder und die beiden Drachen: „Das wäre ja ein unfassbarer Verlust. Und deshalb wirst du jetzt auch mal schön mit den Kleinen und den beiden Furien nach draußen gehen, während ich die Männer mit den roten Autos anrufe. Du wirst sehen, die sind in weniger als zehn Minuten zur Stelle."

„Du spinnst doch total. Ich werde…"

„Nichts wirst du!", schnitt ich meiner Frau bestimmend das Wort ab. „Bring die Kinder und diese seltsamen Kreaturen raus. Ich erledige den Rest."

XXX

In aller Ruhe ging ich eine Minute später zur Schrankwand, schnappte mir das Telefon und watete durch die wabernde, beißende Wand aus Qualm und Kohlenstoffmonoxid zur Terrassentür. Ich öffnete sie, trat ins Freie und schloss die Tür anschließend wieder. Dann kramte ich in meiner Armee-Jacke nach den Zigaretten, zündete mir eine an, inhalierte tief und blies den Rauch genussvoll in den sternenklaren Himmel. Was für eine wunderschöne Nacht. Nachdem ich die Kippe ausgetreten hatte, wählte ich leicht widerwillig die Nummer der Feuerwehr.

„Notrufzentrale! Was kann ich für Sie tun?", wollte eine männliche Stimme übereifrig wissen.

„Guten Abend", antwortete ich freundlich. „Und zunächst einmal Frohe Weihnachten."

„Ja, Frohe Weihnachten. Wo brennt`s?"

„Ich glaube, in meiner Wohnung."

„Sie glauben, in Ihrer Wohnung? Sind Sie sich denn da nicht sicher?"

„Doch, doch", antwortete ich rasch und zuppelte mir eine weitere Zigarette aus der Schachtel. „Ich bin mir sogar ziemlich, extrem, absolut und überaus sicher. Ich stehe nämlich gerade auf der Terrasse und habe einen 1A-Blick auf das Pyro-Spektakel. Jetzt ist gerade zum Beispiel der Fernseher implodiert."

„Und wo ist Ihre Wohnung?" Mir war es, als hörte ich ein wenig Ungeduld und Hektik aus der Stimme des Mannes heraus, was ich nur schwerlich nachvollziehen konnte. Schließlich befand er sich in Sicherheit und nicht in unmittelbarer Nähe eines Feuers, welches gerade dabei war, seine jahrelang aufgebaute Existenz zu zerstören.

„Äh, quasi gewissermaßen sozusagen bei mir im Haus. Unten im Erdgeschoss."

„Und wo steht Ihr Haus?", fragte der Andere, während sich nun auch noch Unmut zu der Ungeduld und der Hektik gesellte.

„In Billerbeck."

„Geht das auch etwas genauer? Ich sehe Ihre Nummer auf dem Display. Wenn Sie mich verarschen wollen, wird das ziemlich teuer für Sie."

„Hey, immer mal langsam mit den jungen Gäulen", konterte ich.

„Warum sind wir denn so unfreundlich? Ich bin doch, wenn man es genau nimmt, ein Kunde von Ihnen. Noch nie was von der Devise gehört, dass der Kunde Kaiser ist?"

Ich hörte, wie der Kerl am anderen Ende der Leitung die Luft einsog und mit irgendetwas Hartem auf seine Schreibtischplatte schlug.

„Passen Sie mal auf! Dieses hier ist eine Notrufzentrale, und Sie setzen gerade einen Hilferuf ab. Da darf ich doch wohl davon ausgehen, dass es auch in Ihrem Interesse ist, wenn wir nicht erst stundenlang übers Wetter, die katastrophale letzte „Wetten, dass...?"-Sendung und unsere guten Vorsätze fürs neue Jahr quatschen, oder?"

„Mann, wir sind aber biestig", erwiderte ich, nachdem ich festgestellt hatte, dass vom Wohnzimmer nicht mehr wirklich viel übrig war, und mein gefräßiger Flammenfreund langsam in Richtung Flur marschierte.

„Haben wir unsere Regel? Wenn Sie weiterhin so garstig mit mir umgehen, lege ich auf und konsultiere die Konkurrenz. Das können Sie dann aber mal schön Ihrem Chef erklären, warum Ihnen da so ein guter Auftrag durch die Lappen gegangen ist."

„Hören Sie, Sie Scherzkeks!", brüllte der menschliche Anrufbeantworter, und ich hörte, wie er eben benutzten Gegenstand in irgendetwas Gläsernes schleuderte. „Entweder verraten Sie mir jetzt, wo meine Kollegen Sie und Ihre verdammte Wohnung finden, oder ich werde es sein, der auflegt."

„Legen Sie doch auf. Die Wohnung gibt es sowieso bald nicht mehr –
die ist so gut wie hinüber."

„Was soll das denn jetzt bedeuten?"

„Was das bedeuten soll? Der Hellste sind wir aber auch nicht, was?
Kann es sein, dass Ihre Eltern Geschwister waren?"

„Weiß nicht genau. Werde mal meine Oma fragen."

„Tun Sie das! Auf jeden Fall wollte ich sagen, dass ich von unserer
Wohnung in Zukunft höchstwahrscheinlich ausschließlich in der
Vergangenheitsform sprechen werde."

„*Unserer* Wohnung? Leben denn mit Ihnen noch andere Menschen dort,
wo es jetzt brennt?"

„Was soll denn diese dumme Frage? Höre ich mich etwa wie einer an,
mit dem keiner zusammenleben möchte? Ich habe eine tolle Frau und
zwei wundervoll dankbare Kinder. Außerdem haben wir Besuch von
meiner sympathischen Schwiegermutter und ihrer drolligen Schwester."

„Und wo sind die jetzt? Sind sie in Sicherheit?"

„Woher soll ich das denn wissen? Zuletzt sah ich sie auf jeden Fall im
Wohnzimmer. Da sind aber jetzt nur noch Flammen und Rauch."

„Nur noch Flammen und Rauch?"

„Haben wir ein Problem mit den Ohren?", fragte ich, während ich
versuchte, mit einer Hand einen Schokoladen-Nikolaus, den ich zufällig
in der Seitentasche der Jacke gefunden hatte, auszupacken. „Ja,
Flammen und Rauch. Aber große Sorgen mache ich mir eigentlich nicht.
Wenn was wäre, hätten die bestimmt schon angerufen. Ich meine ja
immer: Wenn man nichts hört, ist das ein gutes Zeichen."

„Sagen Sie mal, befinde ich mich gerade in so einer Radiosendung, wo
sie Leute live veräppeln?"

„Nö", referierte ich ausufernd und schlug dem heiligen Mann mit so
großer Wucht ins Gesicht, dass dieses binnen Millisekunden völlig
eingedrückt und zerschunden war. „Eigentlich habe ich Sie nur
angerufen, weil es bei mir brennt."

„Aber dann sagen Sie mir doch endlich, wo Ihre Wohnung ist!"

„War", kommentierte ich unverständlich mit übervollem Schoko-Mund.
„Wo unsere Wohnung war. Ich denke, dass das Feuer sich inzwischen
bis ins Treppenhaus vorgearbeitet hat." Ich biss dem Nikolaus lustvoll in
den Po. „Womit das Problem jetzt eigentlich eher die Leute angeht, die
über uns wohnen."

„Da leben noch Leute über Ihnen?"

„Jawoll!", brüllte ich im Kasernenton, salutierte und entzündete meine dritte Zigarette. „Sagte ich nicht, dass wir im Erdgeschoss eines Zweifamilienhauses leben … äh, lebten? Aber machen Sie sich keine Gedanken. Die über uns sind so überflüssig wie ein erotisch sinnliches Negligé an meiner Frau. Die haben sich im letzten halben Jahr nicht mal an den Putzplan fürs Treppenhaus gehalten, die Spinner. Sind auch nur Sozialpädagogikstudenten von der Uni Münster. Die wird die Welt wohl kaum vermissen – im Gegenteil."

Ich hörte, wie der Mann am anderen Ende der Leitung eine kurze Verschnaufpause einlegte. Wahrscheinlich kippte er sich gerade eine Flasche Baldrian oder Wodka hinter die Binde, um anschließend langsam bis hundert zu zählen.

„Hallo?", rief ich nach zwei Minuten. „Sind wir eingedöst oder haben wir eine Praktikantin unterm Schreibtisch sitzen?"

Der zugedröhnte Anrufbeantworter hüstelte, räusperte sich und fing plötzlich an zu kichern.

„Nein, ich bin noch da – und zwar völlig allein. Erzählen Sie doch mal, was eigentlich passiert ist. Wenn ich Ihren Worten Glauben schenken darf, ist bei Ihnen ja soweit wirklich alles in Ordnung."

Ich zog die Stirn in Falten. So langsam fand ich Gefallen an dem Kerl. Vielleicht würden wir noch beste Freunde werden – natürlich erst nach dieser wundervollen Nacht.

„Wir meinen…?"

„Ja", erwiderte der Mann in meinem Ohr. „Sozialpädagogikstudenten braucht wirklich kein Mensch."

XXX

„Hast du die beiden iPhones gesehen, Ingo?"

Ich griff in die Schale mit Sojamilchsuppe, in die meine Augen gerade gefallen waren, und drückte sie mir zurück in die leeren Höhlen.

„Die was?"

„Die iPhones, du Bauer. Das sind so kleine Dinger, mit denen man telefonieren und simsen kann."

„Ich weiß, dass es sich bei iPhones um Handys und nicht um Bewohner einer fremden Galaxis handelt", schnaufte ich verärgert. „Ich hatte nur nicht gewusst, dass wir von diesen bekloppten Apfel-Dingern welche zuhause haben."

Meine Frau, die gerade dabei war, die Fronten unserer Echtholz-Imitat-Roller-Küche mit Dutzenden bunter Weihnachtsaufkleber zu tapezieren, sah mich vorwurfsvoll an.

„Wir haben darüber gesprochen, Ingo."

„Wir haben darüber gesprochen?"

„Ja."

„Worüber haben wir gesprochen?"

„Über die iPhones."

„Über die iPhones? Ach so. Und was haben wir da so besprochen?"

„Dass wir den Kindern welche zu Weihnachten schenken."

Mir fielen die Augen zum zweiten Mal binnen einer Minute in die Nachkriegssuppe.

„Wir schenken den Kindern iPhones zu Weihnachten?"

„Ja."

„Unseren Kindern?"

„Na, wohl kaum den Kindern vom Nachbarn."

„Bist du sicher, dass du da nicht irgendwas falsch verstanden hast, du Nuss?"

„Bin ich", konterte meine wesentlich schlechtere Hälfte und begann damit, eine 12 Meter lange Lichterkette mit Hilfe von 300 Millimeter Sparrennägeln unter die Echtholz-Imitat-Decke zu hämmern.

„Und du warst auch dafür."

„Ich war auch dafür?", echote ich durch das tosende Gedröhne hindurch, das meine Frau mit dem Baumarkt-Zimmermannshammer erzeugte. „Da muss ich aber besoffen gewesen sein. Oder bekifft."

„Warst du auch. Ist aber egal. Die Dinger sind letzte Tage angekommen. Die Rechnung ist aber weg. Ist irgendwie beim Altpapier gelandet."

Ich trat von hinten an die mir angetraute Heimwerkerin heran und überlegte einen Augenblick, ob ich sie nicht einfach von der Anrichte stoßen sollte, auf der sie gerade mit ihren 24-Zentimeter-Pumps balancierte.

„Wir haben unseren Kindern iPhones bestellt? Ist dir entfallen, dass die erst neun und elf sind?"

„Neun und zwölf", korrigierte mich meine Herzallerschlimmste. „Klara hatte im Juli Geburtstag."

„Hä? Wer? Ach, egal! Die sind zumindest noch weit unter achtzehn, glaube ich. Und selbst dann braucht man seinem Nachwuchs nicht so teure Handys zu schenken."

„In Klaras Klasse haben sie alle schon solche Handys."

Wenn ich sie jetzt nach hinten reiße, dachte ich, fällt sie, wenn ich Glück habe, genau mit ihrem durchgestylten Blondhohlkopf auf die Fliesen. Ich könnte anschließend überall mit der weinerlichen Stimme eines leidenden Witwers erzählen, sie sei beim Anbringen der Weihnachtsdekoration gestürzt. Doch was soll ich mit zwei iPhones ohne Rechnung, wenn sie die Kinder ins Heim bringen? Mit so neumodischem Kram komm ich doch gar nicht klar.

„Bälger haben heutzutage in der 5. Klasse schon so teure Geräte?", maulte ich. „Mein Funkknochen ist zehn Jahre alt, stammt von *Telefunken* und stöhnt vor Schmerzen laut auf, wenn ein Anruf eingeht."

„Klara ist in der 6. Klasse. Und so teuer waren die Handys gar nicht. Der Verkäufer hat sie mir für günstige 1100 Euro überlassen."

XXX

Meine Atmung setzte samt Sehfähigkeit für mehrere Stunden aus, nachdem ich es nun war, der, völlig ohne Selbstmordabsichten, polternd auf die alten Fliesen der Küche fiel. Als ich wieder zu mir kam, saß die Frau, von der ich einst angenommen hatte, dass sie über Hirn und Verstand verfügte, auf dem Sofa und sah grölend und prustend eine Folge von *„Raus aus den Schulden"*, während sie sich ihre Fußnägel lackierte und immer wieder mit dem kleinen Pinsel abrutschte und das weiße Kunstledersofa beschmierte. Auf dem Wohnzimmertisch standen eine leere Flasche Sekt und zwei Gläser. Als Rosi mich bemerkte, verfinsterten sich ihre Züge.

„Na toll! Du haust wohl auch immer ab, wenn es was zu tun gibt, was?"

Ich staunte farbige Echtholz-Bauklötze, befühlte die Beule an meinem Hinterkopf und fragte:

„Hä? Sprechen wir wieder in Rätseln, du bemaltes, hässliches Orakel?"

„Nerv nicht! Du ahnst ja gar nicht, was hier eben wieder los war."

„Stimmt, ich ahne es nicht. Was war denn hier eben wieder los?"

„Armageddon, würde ich sagen. Ich dachte schon, die Mayas hätten sich um ein paar Tage vertan. Ich habe die Lichterketten in der Küche, im Treppenhaus, in den Kinderzimmern und im Garten angemacht, und dann flog plötzlich die Sicherung raus." Ich setzte mich zu meiner referierenden Gattin und starrte sie an.

„Oh, du heiliger Gammelhammel! Und dann?"

„Dann war´s duster, die Kinder schrien wie am Spieß, und ich bin mit einer Kerze hoch zu den Pädagogikstudenten."

„Zu denen, die nie putzen, auf Heiligenfiguren ballern, immer nur feiern, stets ihre Fahrräder im Treppenhaus stehen lassen und nervig sind wie ein Sack Mücken?"

„Was sollte ich tun? Du hast ja in der Küche gelegen und geratzt."

„Und dann haben wir uns mit einem von denen mal schön eine Flasche Sekt gegönnt, was?"

„Logo", antwortete meine Frau und verewigte sich ein weiteres Mal mit dem Nagellack auf dem Sofa. „Ich weiß eben, wie man sich bedankt."

„Und ist es nur beim Sekt geblieben?", wollte ich voller Vorfreude wissen. Meine Angetraute lief rot an und keifte:

„Hältst du mich für so eine Dirne, dass ich es mit dem Erstbesten auf dem Sofa mache, nur weil du mal ausgeknockt in der Küche rumliegst?"

„Eigentlich nicht", erwiderte ich. „Doch man darf ja noch hoffen. Ich hätte dir auch die Kinder überlassen."

Ich schüttelte traurig den noch immer brummenden Schädel und sah desillusioniert vor mich hin.

„Ach", unterbrach ich irgendwann das Gefasel von Peter Zwegat. „Wie war das eigentlich mit den iPhones? Haben wir eine Ahnung von unserem derzeitigen Kontostand? Da ist totale Nordsee angesagt. Ebbe, verstehen wir?"

„Reg dich ab", konterte die Sofa-Malerin. „So teuer wird das für uns gar nicht. Meine Mutter und Tante Hilde übernehmen den Großteil. Die waren sogar richtig froh. So müssen sie nämlich nicht selber los, um was zu besorgen."

„Das sieht deiner Mutter, dem alten Drachen, mal wieder ähnlich. Immer schön alles auf andere abwälzen."

„Nenne meine Mutter nicht immer Drache!", fuhr mich die seltsame Frau an meiner Seite wütend an.

„Solange sie nichts gegen ihre schuppige Haut, ihren fauligen Atem und ihr ständiges Fauchen unternimmt, werde ich sie auch weiterhin so nennen", antwortete ich engagiert und diskutierfreudig. „Außerdem bezeichnet sie mich ständig als langhaarigen Zottelmüllmann."

„Es ist doch wohl nicht ihre Schuld, dass du seit Jahren diesen ungepflegten Pferdeschwanz trägst und als Sortierer auf dem Wertstoffhof arbeitest. Was soll sie denn sonst zu dir sagen?

Glatzköpfiger Hochschulprofessor? Top gepflegter Oberstudienrat? Erfolgreicher Buchautor?"

„Aber auch nicht Zottelmüllmann. Das ist auf Dauer echt demütigend."

„Quatsch nicht! Ich finde es okay, dass sie die Tatsachen beim Namen nennt. Zumindest war sie ganz aus dem Häuschen, als ich ihr anbot, von Heiligabend bis zum zweiten Weihnachtstag mit ihrer Schwester zu uns zu kommen. Ich glaube, sie war zum ersten Mal seit Jahren wieder glücklich."

Während es meinen Körper unbewusst wieder Richtung Boden drängte und der olle RTL-Zwerg-Zwegat einem hochverschuldeten 20-Jährigen erklärte, dass man als arbeitsloser Hartz IV-Empfänger zum Überleben nicht zwingend zwei galaktisch große Flachbildfernseher in seiner Messihöhle benötigt, fuhr das Wesen mit den lackierten Klauen fort: „Sie hat sogar angeboten, eine Schüssel mit veganem Kartoffelsalat mitzubringen. Natürlich habe ich dankend abgelehnt; schließlich sind sie und Tante Hilde Gäste bei uns."

Ich benötigte drei Minuten, um meine Schnappatmung unter Kontrolle zu kriegen. Dann wischte ich mir Schweiß und Schaum aus dem Gesicht und hob meine Hände, um das Biest neben mir endlich zu erwürgen.

„Untersteh dich", brachte dieses flötend und beinahe gelangweilt hervor. „Denk an die Kinder. Wie willst du denen denn morgen erklären, dass ihre Mutter mausetot auf dem Sofa liegt?"

„Da fällt mir schon was ein", grunzte ich und schickte mich weiterhin an, meinen eben gefassten Plan in die Tat umzusetzen. „Wenn sie es überhaupt merkt." Meine Finger lagen schon an ihrem Hals, als sie fordernd verlauten ließ:

„Schaffst du es noch, bis Weihnachten das Gästezimmer aufzuräumen?"

Ich hielt mitten in meinen eindeutigen und einwandfreien Selbstverteidigungsabsichten inne.

„Welches Gästezimmer? Wir haben doch gar keins."

„Ach, echt nicht?", meinte sie nachdenklich. „Dann wird das mit dem Übernachten für meine Mutter und Tante Hilde aber schwierig. Wo sollen die denn schlafen?"

Ich senkte die Hände, betete zu Gott, er möge mich aus diesem Alptraum erwachen lassen, und antwortete mit mahlenden Zähnen:

„Mir doch egal. Von mir aus können sie zerstückelt oder in Scheiben geschnitten die zwei Nächte im Biomüll verbringen. Oder wir erschlagen die beiden Moderhexen, wickeln sie in den alten Teppich, der seit Jahren im Keller vor sich hin staubt, und legen sie einfach an die Straße. Ist zwischen den Festtagen nicht wieder Sperrmüll? Die fallen bei all dem Gerümpel doch gar nicht weiter auf. Vielleicht haben wir ja Glück, und der Türke von gegenüber packt sie auf seinen Bollerwagen, um sie in seinem Laden an seine Landsleute zu verhökern."

„Gut", fasste der dunkle Schatten auf meiner ansonsten so glücklichen und ausgeglichenen Seele das Gehörte zusammen. „Dann kommen sie also zu uns ins Schlafzimmer. Es wird uns schon nicht schaden, einmal für zwei Tage auf dem Sofa zu pennen." Sie stand auf, ging unbekümmert wie ein frisch verliebter Backfisch zur Schrankwand, öffnete das Barfach und zauberte eine halbleere Flasche Eierlikör hervor. „Meinst du, du könntest bis zum Eintreffen unserer Gäste noch die eine oder andere Lichterkette im Schlafzimmer anbringen? Ich traue mich nach dem Vorfall von eben nicht mehr so richtig an diese Dinger heran. Und du weißt doch, wie sehr meine Mutter Lichterketten und festliche Beleuchtung zu Weihnachten liebt."

XXX

Während meine Kinder vor Wut und Enttäuschung, ob der natürlich falschen iPhone-Farben, ein Höllentheater veranstalteten, Tante Hilde sich zum wiederholten Mal über den vertrockneten, völlig nadel- und schmucklosen Weihnachtsbaum beschwerte, den ich aus Kostengründen hinter unserem vergammelten Gartenhäuschen hervorgeholt hatte, mein Schwiegerdrache überglücklich und high das siebte von mir selbstgebackene Hasch-Spritzgebäck-Plätzchen verdrückte und meine gänzlich überflüssige Gattin in der Sperrholzküche die fleischlose Gans nach allen Regeln der Kunst verkohlen ließ, befestigte ich voller kindlich naiver Vorfreude die Wachskerzen mit Draht und Heißkleber an den staubtrockenen Ästchen der Tanne. Was würde das für eine festliche Beleuchtung geben.

„Die sind völlig schief", kommentierte die Drogenmutter von Rosi mein Tun und Handeln geflissentlich und warf sich ein weiteres Plätzchen in den Schlund. „Da tropft doch gleich das ganze Wachs auf den Boden."

„Sei du mal ruhig, du Lava spuckende Junkie-Braut", erwiderte ich wortgewandt und eloquent. „Ansonsten besorge ich mir tatsächlich noch eine Lanze, stoße sie dir durchs Herz und bekomme am Ende noch die schöne Prinzessin und das prunkvolle Schlösschen am Rheinufer."

Das Schwiegermonster kicherte glucksend, kratzte sich ein paar Schuppen von der Stirn, ließ sie auf den Teppich fallen und griff nach dem neunten Glücks-Keks.

„Das ist ja witzig", lallte sie dabei. „Du und eine hübsche Prinzessin. Hast du gar nicht verdient, du Müllmann. So ein ansehnliches, elfenhaftes, zartes und zauberhaftes Wesen würde doch gar nicht zu dir passen. Nee, du bist mit meiner Tochter schon genau an die Richtige geraten und ganz gut bedient. Die passt super zu dir, du Zottelpansen."

XXX

Und schließlich standen wir im Halbkreis vor dem Krüppel, der in seinem ersten Leben einmal eine stolze und schweineteure Nordmanntanne gewesen war, und brummten lustlos *„Stille Nacht, heilige Nacht"*. Meine Schwiegermutter stach dabei permanent mit ihren spitzen Fingern selig nach unsichtbaren, nicht vorhandenen Seifenblasen, die Mädchen rieben sich die rotgeweinten Augen und verfluchten die Dummheit ihrer Eltern, Tante Hilde schwankte und wankte auf ihren Wasserbeinen wie eine Volltrunkene, und das Gegenteil von einer ansehnlichen, elfenhaften, zarten und zauberhaften Prinzessin starrte so hasserfüllt auf das Takko-Nachthemd, das ich ihr geschenkt hatte, dass mein Herz vor Leichtigkeit Purzelbäume schlug.

Nach dem grottigen Bärengesang griff ich in meine Hosentasche, kramte ein Feuerzeug hervor und schritt andächtig auf die trostlose Wiedergeburt eines Weihnachtsbaumes zu. Vor dem Gerippe drehte ich mich noch einmal um, sah in die ausdruckslosen und zermürbten Gesichter der armseligen Festgesellschaft und erhob das Wort.

„Liebe Hannelore, liebe Rosi, liebe Hilde, liebe Heidi und liebe … äh, 12-jährige Klara." Auf meinem Gesicht erschien ein breites Grinsen.

„Kommen wir nun zum Höhepunkt des heutigen Abends – dem Entzünden der Kerzen. Möge das Licht, der Glanz und die Wärme uns näher an das heranführen, was Weihnachten eigentlich ausmacht und immer ausgemacht hat. Mögen die Flammen der Kerzen Glück und Heiterkeit über uns bringen. Und natürlich Liebe. Amen!"

Ich betätigte das Plastikfeuerzeug, entzündete die erste schiefe Kerze, dann die zweite, dann die dritte. Und schließlich ergriff das Licht, der Glanz und die Wärme Besitz von dem gesamten Baum, um Glück und Heiterkeit zu spenden – zumindest mir.

Die neue Wohnung

Die edel gekleidete Dame stand am Samstag nach Silvester auf dem Bürgersteig, vor dem mein antiker Opel Kadett stöhnend zum Stehen kam. Ich benötigte nur einen einzigen Blick, um festzustellen, dass sowohl ihr Gesicht als auch ihr kompletter Körper das augenscheinlich traurige Ergebnis unzähliger Schönheitsoperationen waren. Das Ersatzteillager auf Beinen, dessen Alter ich auf etwa 65 Jahre schätzte, besaß einen so schlanken und durchgestylten Körper, dass jede 20-Jährige vor Neid erblasst wäre – wäre da nicht diese maskenhafte, völlig verzerrte Visage gewesen, die nichts anderes mehr konnte, als permanent vor sich hin zu grinsen. Die Gesichtshaut spannte sich dabei so straff und unnatürlich über die ausgeprägten Wangenknochen und das spitze Kinn, dass man befürchten musste, dass sie jeden Moment riss oder aufplatzte. Insgesamt erinnerte mich die Frau stark an Joan Collins, das Biest aus dem *„Denver-Clan"*.

Ich kletterte aus dem Oldtimer und stand wenige Augenblicke später vor dem Zombie, dessen Gesicht beim Betrachten des alten und völlig zugerümpelten Gefährtes das Wunder vollbrachte, sich in keiner Weise zu verändern.

„Herr Rosenberg-Bratz?", sang die Frau in der Hoffnung, ich würde ihre Frage verneinen.

„Jawoll!", rief ich aus und salutierte. „Zu Diensten!"

Der Alien musterte mich leicht angewidert von oben bis unten, und in diesem Augenblick kam mir der Gedanke, dass eine völlig verdreckte Jeans in Kombination mit meiner verrußten Army-Military-Jacke vielleicht nicht der passendste Aufzug war, um sich für eine Wohnung zu bewerben. Egal, dachte ich. Die inneren Werte zählen.

„Mein Name ist River-Hermine vom Brechstein", erwiderte die Alte, ohne auch nur im Traum daran zu denken, mir ihre gepflegte Hand für einen Moment zu überlassen.

„River? Waren Ihre Eltern Fans dieser eklig süßen Aldi-Cola?"

„Wohl kaum", antwortete die Geliftete emotionslos. „Ich kam in den USA zur Welt, während mein Vater dort als Diplomat arbeitete. Mein Geburtskrankenhaus lag direkt an einem Fluss."

„Da können Sie ja froh sein, dass Sie nicht im Taxi oder auf dem Klo geboren wurden, was?", brüllte ich und schlug mir vor Begeisterung auf die Schenkel. River-Hermine vom Brechstein rümpfte als Reaktion auf meinen Gefühlsausbruch nur angewidert den operierten Riechkolben.

„Von mir aus können wir mit der Besichtigung beginnen", murmelte sie, nachdem ich mich beruhigt hatte, und wandte mir wieder die entstellte Fratze zu. „Sind Sie allein, Herr Rosenberg-Bratz?"

„Hä? Meine Frau und zwei meiner Kinder stehen doch neben mir."

„Neben Ihnen?"

„Ja, sind aber unsichtbar."

„Zwei Ihrer Kinder? Dann sind Sie als Familie also nicht komplett?"

„Richtig! Die drei ältesten Söhne befinden sich derzeit im Wochenendarrest. Kommen aber morgen Abend wieder raus."

„Noch drei Söhne? Wochenendarrest?"

„Alles gut! In Wahrheit haben wir nur zwei Söhne, die zurzeit im Wochenendarrest sind. Der dritte kommt erst in vier Jahren wieder aus dem Knast. Wollte nur mal checken, ob wir humormäßig auf derselben Welle schwimmen."

„Witzbold! Aber jetzt sagen Sie doch mal: Wo ist Ihre Familie?"

„Ich habe Ihnen doch erklärt, dass meine Frau und die Mädchen unsichtbar sind. Haben sich im Internet so Harry-Potter-Mäntel bestellt. Hätte auch nicht gedacht, dass die wirklich funktionieren."

„Hören Sie doch auf mit dem Schwachsinn. So etwas gibt es gar nicht."

„Mist, Sie haben mich voll erwischt."

„Wo ist denn nun der Rest Ihres Clans?"

„Also, meine Gattin befindet sich mit den Kindern im Frauenhaus. Ich habe aber über einen Bekannten herausgefunden, wo das ist. Morgen werde ich sie da rausholen und denen beweisen, dass ich mich geändert und das vom Richter angeordnete Antiaggressionstraining nicht mehr nötig habe."

„Sie lügen doch schon wieder."

„Mann, Sie sind aber eine ganz gwiefte Person, was?"

„Frau tut, was Frau kann."

„Okay, ich bin alleine hier, weil ich meine Familie mit der Wohnung überraschen möchte. Habe einiges gutzumachen."

„Einiges gutzumachen?"

„Ja, aber das ist eine lange Geschichte."

„Erzählen Sie doch mal."

„Nö! Ich bin nicht so gut im Geschichtenerzählen."

„Komisch, ich hätte Sie da jetzt anders eingeschätzt."

„So kann man sich irren. Ich bin eher der schüchterne, verschwiegene und in sich gekehrte Typ."

Ich blickte ihr in die Augen und spürte, dass ich ihr Herz gewonnen, und sie bereits entschieden hatte, mir die Wohnung auf jeden Fall zu geben.

XXX

Die Untote stolzierte vor mir die Treppe in den ersten Stock hinauf. Oben angekommen fischte sie einen Schlüssel aus ihrer goldenen *Gucci*-Handtasche und öffnete eine auf Hochglanz polierte dunkle Eichentür.

„Wird das Ding noch ausgetauscht oder lackiert?"

„Wie bitte?"

„Die Tür! Wird die noch lackiert? Dieses Braun geht gar nicht."

„Haben Sie heute einen Clown gefrühstückt?"

„Nee, nur fünf Pils."

„Ich hatte nicht vor, die Tür zu verunstalten. Die ist über 60 Jahre alt."

„Ich sag ja immer: Je länger ein Tee zieht, desto kälter wird er."

„Die Tür ist eine Antiquität."

„Aber dass die beknackt aussieht, ist Ihnen klar, oder?"

„Der Wert dieses massiven Holzes übersteigt den Ihres Autos um ein Vielfaches, Herr Rosenberg-Bratz. Die wird nicht umlackiert."

„Aber meinen Spion darf ich doch anbringen, oder? Ich würde die beiden Löcher auch selbst in die Tür bohren."

„Die beiden Löcher?"

„Ist ´ne Erfindung von mir. Zwei normale Spione nebeneinander – für beide Augen. Da muss man nicht immer so umständlich eins zukneifen."

„Die Tür bleibt, wie sie ist. Verstanden?"

„Jawoll, Frau Oberleutnant! Obwohl die wirklich Scheiße aussieht."

XXX

Sie betrat den schmalen Flur, schaltete das Deckenlicht ein und streifte sich ihre hochhackigen Treter ab.

„Wären Sie wohl so freundlich, Ihre Schuhe ebenfalls auszuziehen? Der Teppichboden ist nagelneu und gerade frisch verlegt."

„Das können Sie getrost vergessen. Bin doch kein Pole."

„Und weil Sie kein Pole sind, lassen Sie Ihre Schuhe an?"

„Jawoll! Mein Arbeitskollege ist Pole. Und der berichtet immer, dass er stets die Schuhe auszieht, wenn er seine oder irgendeine andere Wohnung betritt. Der ist sogar so bekloppt, dass er sich Hausschlappen mitnimmt, wenn er ins Kino oder zu Lidl geht."

„Vielleicht sollten Sie sich mal ein Beispiel an dem nehmen."

„Ich bin nicht auf der Welt, um zu sein, wie andere mich gerne hätten."

„Verschonen Sie mich mit Ihren Lebensweisheiten und ziehen Sie einfach die Schuhe aus."

„Frau River, das wollen Sie nicht. Glauben Sie mir. Außerdem reiße ich den Teppich eh raus, wenn wir eingezogen sind. Ein weißer Bodenbelag ist für uns wirklich nicht das Richtige. Vor allem wegen unserer beiden Doggen, von denen eine noch nicht ganz stubenrein ist. Haben Sie eine Ahnung, was diese Viecher für enorme Haufen hinterlassen?"

Die Frau sah mich an, und ihr Blick kam mir vor wie Augenrotz.

„Ausziehen, Sie Geschichtenerzähler!"

„Wie Sie wünschen. Aber behaupten Sie nachher nicht, ich hätte Sie nicht gewarnt."

XXX

„Heiliger Jesus Christus!"

„Rosenberg-Bratz reicht, obwohl ich mich durchaus geehrt fühle."

„Müssen die Socken so aussehen?"

„Nein, sie tun das freiwillig."

„Das ist ja furchtbar."

„Ich hatte Sie gewarnt."

„Die sind von unten ja …"

„Schwarz! Ich weiß."

„Und sie waren tatsächlich mal … sauber?"

„Ich nehme es an. Ich erinnere mich nicht genau. Als ich sie zum ersten Mal anzog, war Helmut Kohl noch Kanzler eines geteilten Deutschlands. Gott hab ihn selig."

„Helmut Kohl ist tot?"

„Ist er nicht?"

„Natürlich nicht."

„Auch gut."

„Wie kommen Sie denn darauf, dass er tot sein könnte?"

„Keine Ahnung. Hat sich in letzter Zeit halt nicht mehr so häufig bei mir gemeldet, der alte Knabe."

„Wie dem auch sei. Wie schafft man es denn, so schmutzige Socken zu bekommen?"

„Man muss sich anstrengen und darf nie, nie, nie aufgeben."

„Das ist ja ekelig. Und wie die riechen."

„Och, man gewöhnt sich dran. Und es bereitet einem enorme Vorteile."

„Vorteile? Welche denn?"

„Man darf die Schuhe in polnischen Wohnungen anlassen – und im Lidl."

„Sie haben eine Macke, Herr Rosenberg-Bratz."

„Ich habe keine Macke, das sind alles Special Effects. Ich war schon im Kindergarten eine Legende, da können Sie jeden fragen. Mit meiner ersten Kindergärtnerin war ich sogar drei Jahre verheiratet. Sie war vom ersten Tag meines Erscheinens in der *Pusteblumen*-Gruppe an so begeistert von mir, dass sie anschließend 15 Jahre auf mich wartete."

„Bitte ziehen Sie Ihre Schuhe wieder an."

„Wie bitte?"

„Sie haben mich gehört. Los!"

„Nö! Jetzt lasse ich sie aus. Ich habe gelesen, dass es für Füße ganz gesund sein soll, wenn zwischendurch mal Luft an sie herankommt. Obschon es ja Menschen gibt, die behaupten, dass es für die Luft nicht so gut sein soll, wenn meine Füße an sie herankommen."

„Anziehen! Sie versauen mir den ganzen Teppich."

„Den ich ja sowieso rausreiße."

„Anziehen!"

„Wie Sie wünschen."

XXX

„Hier wären wir also in der Küche. Die Schränke und Einbaugeräte sind noch bestens in Schuss."

„Mir egal. Der Schrott kommt raus!"

„Schrott?"

„Klar! Die Küche ist potthässlich. Die Oberflächen haben dieselbe Farbe wie die Eingangstür, die Fliesen sind oberschäbig und außerdem ist es hier so dunkel wie in einer Gruft."

„Die Küche bleibt drin! Sie können sich ja das Licht einschalten, wenn es Ihnen zu finster ist."

„Mit dieser mickrigen Deckenleuchte da?"

„Zum Beispiel."

„Machen Sie sie doch mal an. Ich wette, dass man nicht einmal merkt, ob das Ding ein- oder ausgeschaltet ist."

Die Frau betätigte einen Lichtschalter neben der Tür, und tatsächlich tat sich lange Zeit gar nichts. Erst nach etwa zwei Minuten konnte man erahnen, dass die Sparfunzel in Aktion war.

„Eine Glühbirne leuchtet bedeutend heller, wenn man sie vor dem Einschrauben aus der Verpackung nimmt, Frau River. Schon mal drüber nachgedacht? Soll meine Frau sich etwa eine Stirnlampe umschnallen, wenn sie hier die Tütensuppen und Dosengerichte für uns zubereitet?"

„Sie wird sich sicherlich zu helfen wissen, Herr Rosenberg-Bratz."

„Klar! Die bringt hier erst mal ein paar hundert Meter Lichterketten an."

„Wenn Sie mögen, können wir jetzt weiter ins Wohnzimmer gehen."

„Eine Sache noch."

„Ja?" Die Augen der Vermieterin versprühten Hass und Verderben, und wenn Blicke töten könnten, hätte es mich in diesem Augenblick qualvoll dahingerafft.

„Könnte man hier noch einen Tisch und sechs Stühle unterbringen?"

„Ihre Entscheidung."

„Das wird aber schon ein wenig eng, oder?"

„Sie müssen es ja nicht tun."

„Wenn ich es aber will?"

„Dann machen Sie es halt. Beschweren Sie sich nachher aber nicht, wenn Sie sich in dem Raum nicht mehr bewegen können. Für die Mahlzeiten steht Ihnen schließlich das Esszimmer zur Verfügung."

„Das bedeutet, dass wir Töpfe, Schüsseln und das restliche Gedöns kilometerweit durch die Wohnung schleppen müssen?"

„Die Wege sind hier nicht so lang. Sind ja nicht im Kölner Dom."

„Aber es wäre technisch schon möglich, hier einen Durchbruch zu machen, oder? Damit könnten wir uns eine Menge Lauferei ersparen."

„Herr Rosenberg…"

„Den würde ich natürlich auch selbst hinkriegen. Ist ja mit einem Vorschlaghammer oder ein paar Stangen Dynamit nicht schwer, da ein Loch in die Wand zu bomben."

„Können wir uns jetzt die anderen Räume ansehen?"

„Zeigen Sie mir doch erst noch einmal den Gefrierschrank."

„Gefrierschrank? Sie haben im Kühlschrank ein Eisfach."

„Geht nicht. Ist zu klein."

„Zu klein?"

„Genau."

„Dann stellen Sie sich doch einen Gefrierschrank in den Keller. Dort ist Platz genug."

„Geht auch nicht. Macht die Wege noch länger."

„Ich verstehe nicht."

„Wegen des Geschirrs, der Töpfe und des Bestecks."

„Könnten Sie ein wenig deutlicher werden?"

„Schmutziges Geschirr schimmelt im Sommer nicht so schnell, wenn man es nach dem Essen in der Gefriertruhe aufbewahrt."

„Normale Leute benutzen für diese Zwecke eine Spülmaschine."

„Spülmaschine?"

„Das sind so Apparate, die einem das Spülen und Abtrocknen abnehmen. Äußerst praktisch, die Dinger."

Ich sah die Adelige überrascht an.

„Gibt es solche Maschinen schon länger? Darf meine Frau auf keinen Fall erfahren; sonst macht die im Haushalt noch weniger."

XXX

„Was ist das, Frau Diplomatentochter?"

„Ein Balkon."

„Ein Balkon? Ich dachte, die Wohnung hätte eine Terrasse."

„Falsch gedacht. Wir sind im ersten Stock."

„Also können wir nicht direkt in den Garten?"

„Doch."

„Das ist gut. Aber wie denn?"

„Sie schmeißen Ihre Familie über die Brüstung und springen anschließend hinterher. In zehn Sekunden sind Sie alle unten."

„Sehr witzig! Und dann?"

„Dann leiden Sie entweder gemeinsam an gebrochenem Genick oder bekommen Stress mit den Mietern, die im Erdgeschoss leben. Die haben für den Garten nämlich das alleinige Nutzungsrecht."

„Das alleinige Nutzungsrecht?"

„Richtig! Dafür haben Sie aber einen Balkon, den die wiederum nicht benutzen dürfen."

„Da werden die sich da unten aber ärgern, was? So völlig ohne Balkonnutzungsrecht."

„Ich weiß es nicht. Werde sie demnächst mal fragen."

„Tun Sie das. Ohne Garten geht auf jeden Fall bei mir gar nichts. Ich brauche Platz für mein Holzlager. Ich habe noch über 175 Raummeter getrocknete Buche zu Hause. Außerdem sammele ich auf der Arbeit wöchentlich mindestens eine Hängerladung voll Abfallholz."

„Abfallholz? Was machen Sie denn beruflich? Etwa Abfallbranche?"

„Nix da! Ich bin … äh, … also, … ich bin Diamantenhändler. Im ganz großen Stil. Und die Klunker werden täglich palettenweise bei mir angekarrt. Na ja, und das Holz der Paletten lege ich mir halt zur Seite."

„Diamantenhändler?"

„Jawoll!"

„Sind Ihr Pferdeschwanz, die ungepflegten Klamotten und dieses alte Auto da nicht irgendwie hinderlich und geschäftsschädigend?"

„Ist alles Tarnung. Meine Kunden wissen genau, was sie an mir haben, und Gangster und Langfinger wissen es nicht."

„Herr Rosenberg-Bratz. Sie haben eine blühende Fantasie. Vielleicht sollten Sie mal darüber nachdenken, Bücher zu schreiben."

„Ach, ich finde, dass es schon genug gute Bücher gibt."

„Aber wofür benötigen Sie denn eigentlich Brennholz?"

„Für den Kamin! Ihnen hat man auch wohl Helium ins Gehirn geblasen, damit Sie überhaupt aufrecht gehen können, was?"

„Sie benötigen hier kein Brennholz."

„Wohl! Das senkt im Winter die Heizkosten. Und es macht uns ein wenig unabhängiger von diesen Ölmultis und Gasdealern."

„Diese Wohnung verfügt aber über keinen Kamin, Sie Blindfisch."

„Diese Wohnung verfügt aber über keinen Kamin, ich Blindfisch?"

„Richtig! Oder sehen Sie hier irgendwo einen?"

„Dann werde ich eben einen Ofen nachrüsten."

„Wir sind hier nicht bei der TV-Show „*Wünsch dir was*", sondern bei „*So ist es*". Es ist völlig unmöglich, hier einen Kaminofen einzubauen."

„Dann benutze ich halt eine offene Feuerschale. Macht zwar ein bisschen Qualm, doch das ist meine Familie gewöhnt."

XXX

Ich öffnete die schmale Glastür und trat ins Freie.

„Sagten Sie nicht, dass das hier ein Balkon sei?"

„Das ist ein Balkon."

„Sehe ich anders. Das ist ein etwas breiterer Sims mit Geländer. Hier kann ich weder Bierkisten lagern, noch eine ordentliche Party feiern."

„Zum Lagern haben Sie den bereits angesprochenen Kellerraum, und Partys werden auf dem Balkon sowieso nicht gefeiert. Dieses ist ein ruhiges und anständiges Haus."

„Aber Sie können mir doch nicht verbieten, dann und wann mal ein wenig zu feiern."

„Feiern Sie denn so gerne?"

„Nö! Ich hasse Partys. Und meine Frau neuerdings auch."

„Was regen Sie sich dann so auf?"

„Weil ich mir nicht die Möglichkeit nehmen lassen möchte, mich charaktermäßig noch mal weiterzuentwickeln. Vielleicht will ich ja in ein, zwei Jahren mal eine Party feiern."

„Sie haben also vor, sich charaktermäßig noch weiterzuentwickeln?"

„Bis jetzt ist da nichts Konkretes geplant, aber man kann ja nie wissen."

„Herr Rosenberg-Bratz, Sie benötigen keinen größeren Balkon."

„Warum?"

„Weil Sie charaktermäßig ganz sicher schon voll ausgewachsen sind."

„Oh, vielen Dank."

„Keine Ursache."

„Bestünde denn die Möglichkeit, den Balkon dennoch zu erweitern?"

„Das können Sie gerne tun. Voraussetzung ist jedoch, dass Sie die Planung und die kompletten Arbeiten von ordentlichen Firmen durchführen lassen und anschließend sämtliche Kosten selber tragen."

„Ups!"

„Mein Reden."

XXX

Zurück im Wohnzimmer putzte ich mir zunächst einmal meine Schuhe ordentlich und gewissenhaft auf dem hellen Teppich ab.

„Sind Sie wahnsinnig? Sie haben den Boden beschmutzt."

„Hab ich nicht. Der war vorher schon so."

„Stimmt gar nicht."

„Wohl! Oder haben Sie Beweise?"

„Ja, ich habe es gesehen, Herr Rosenberg-Bratz."

„Was haben Sie gesehen?"

„Dass Sie mit Ihren Dreckschuhen den Teppich beschmutzt haben."

„Ihr Pech! Sie haben darauf bestanden, dass ich die wieder anziehe."

„Sie geben es also zu?"

„Was?"

„Dass Sie den Teppich mit Ihren Schuhen verschmutzt haben."

„Du heiliger Gammelhammel! Natürlich nicht."

„Aber ich habe es doch mit meinen eigenen Augen gesehen."

„Und das soll ein Beweis sein."

„Ja, ich bin Zeugin."

„Dann behaupte ich einfach das Gegenteil. Mal sehen, wem die vor Gericht mehr glauben? Einer alten Schachtel mit Grauem Star oder einem seriösen Diamantenhändler mit Adlerblick."

„Sie sind unmöglich und sollten sich was schämen."

„Was versetzt Sie denn so in Panik? Den Belag reiße ich sowieso raus."

„Was Sie in dieser Wohnung machen, steht noch lange nicht fest."

„Wie sieht es eigentlich mit einem Probewohnen aus?"

„Wie bitte?"

„Probewohnen! Ich kaufe doch nicht den Kater in der Kiste. Raten Sie mal, wie oft ich mit meiner Rosi in die Federn gehüpft bin, ehe ich ihren permanenten und nervigen Heiratsanträgen zugestimmt habe."

„Ich will jetzt nicht raten."

„Auch gut. Zumindest will ich eine Testphase. Muss ja wissen, wie es sich hier so lebt, und ob das Haus wirklich ruhig und anständig ist."

„Nur über meine Leiche."

„Kein Problem! Ich habe da ein paar Kumpels. Die sind mir noch einen Gefallen schuldig."

Die dauergrinsende Zombiefrau sah mich mit einem Ausdruck an, der mir deutlich zeigte, dass ich es nicht sein würde, der auf ihrem 90. Geburtstag vor ihren Freunden und Familienangehörigen die Festansprache halten würde. Plötzlich krabbelte etwas zuerst in mein Blickfeld und anschließend in mein Bewusstsein.

„Frau River Dingsbums?"

„Ja?"

„Keine Bewegung!"

„Wie bitte?"

„Ich sagte, keine Bewegung!"

„Was soll das denn jetzt bedeuten? Holen Sie gleich eine Schusswaffe aus Ihrer schmuddeligen Hose, um mich zu verhaften?"

Ich antwortete nicht, ging einen Schritt auf die Flusstante zu, nahm ihr die Handtasche ab und drängte mich an ihr vorbei. Anschließend klatschte ich ihr Luxus-Täschchen so kraftvoll gegen die Wand, dass es in seinem Inneren nur so krachte und klirrte.

„Sind Sie von Sinnen, Sie primitiver Neandertaler?"

Ich sah der Alten streng in die Augen und reichte ihr die Tasche zurück.

„Ich würde ein wenig freundlicher zu mir sein, meine Gnädigste. Ich habe Ihnen gerade nämlich das Leben gerettet."

„Sie haben was?"

„Das Leben gerettet. Hinter Ihnen befand sich eine überaus gefährliche und giftige Riesenspinne an der Wand."

Sie drehte sich um und starrte angeekelt auf den dunklen Fleck, der sich überdeutlich und schmierig an der weißen Tapete abzeichnete.

„Sie haben den Anstrich versaut."

„Habe ich nicht. War vorher schon."

„Sie sprechen die Unwahrheit."

„Ich habe Ihnen das Leben gerettet. Sie sind mir was schuldig."

„Blödsinn!" Sie hob ihre Tasche in die Höhe und betrachtete sie mit vor Grauen verzogenem Gesicht.

„Ich würde sagen, *Sie* sind *mir* was schuldig. Den Fleck aus dem Stoff kriege ich doch nie wieder raus. Warum haben sie das arme Ding nicht einfach in Ruhe gelassen?"

„Weil dieses arme Ding kurz davor war, zum Sprung anzusetzen."

„Zum Sprung?"

„Ja, das war so eine riesige, giftige Springspinne. Ein Biss von der, und ich hätte mir den Anruf bei meinen Kumpels sparen können."

„Solche Spinnen gibt es in Deutschland doch gar nicht."

„Wollen Sie behaupten, dass ich lüge?"

„Auf jeden Fall sind jetzt sowohl die Wand als auch meine Tasche verdreckt. Und das alles wegen so eines kleinen Tierchens."

„Also, ich sage immer: Eine Spinne zu sehen, ist nicht das Problem. Man hat erst eins, wenn man sie nicht mehr sieht."

„Wie dem auch sei, Sie Rüpel. Wollen Sie noch die Kinderzimmer begutachten? Die Wände und Böden dort müssten noch sauber sein?"

„Die interessieren mich nicht. Muss ja nicht drin pennen."

„Und das Schlafzimmer?"

„Auch nicht. Wenn ich da reingehe, ist es dunkel."

„Ihre Ansichten sollten Sie sich auf jeden Fall patentieren lassen."

„Hab ich versucht, doch die im Amt wollten sich nicht drauf einlassen."

Der morbide Flussmensch sah mir kalt in die Augen.

„Wie gefällt Ihnen die Wohnung überhaupt?"

„Würden Sie mich denn als Mieter akzeptieren?"

„Natürlich nicht!"

„Das überrascht mich jetzt aber ein wenig. Warum denn nicht?"

„Sie sind mir zu asozial."

„Zu asozial?"

„Das waren meine Worte."

„Wie kommen Sie denn zu so einer verrückten Meinung? Ich habe Ihnen vor einer Minute doch noch das Leben gerettet."

„Sie haben mir lediglich den Teppich und die Wand versaut."

„Sie sind aber undankbar."

„Ich bin nicht undankbar, sondern in der Lage, Sie und Ihr Verhalten angemessen zu deuten. Würde ich Sie hier als Mieter dulden, könnte ich doch sofort einen Dauerauftrag an einen Kammerjäger vergeben."

„Das war aber jetzt nicht sehr freundlich."

„Wenn Sie nun im Gegenzug so freundlich wären, mit mir die Wohnung wieder zu verlassen, wäre ich Ihnen überaus dankbar."

„Warum haben Sie mir die Bude überhaupt komplett gezeigt, wenn Sie mich nicht ausstehen können?"

„Weiß nicht. Vielleicht liegt es an meiner Erziehung, dass ich begonnene Dinge auch beende."

„Wie teuer wäre die Wohnung eigentlich gewesen?"

„780 Euro Kaltmiete. Dazu kämen etwa 150 Euro für die Nebenkosten."

„Das sind ja … 930 Euro! Wollen Sie mal einen Blick auf meine Gehaltsabrechnung werfen? Die sieht aus, als hätte ich mein Hobby zum Beruf gemacht. Verlassen Sie mal Ihr Raumschiff und kommen Sie wieder runter auf die Erde. 930 Euro sind definitiv zu viel."

„Willkommen in der Realität, Herr Rosenberg-Bratz. Darf ich Sie ein wenig herumführen? Wer Qualität haben will, muss auch dafür zahlen. Und für einen Diamantenhändler dürfte dieser Betrag doch kein Problem sein, oder?"

„Ich muss zugeben, dass ich bei meinem Beruf geschummelt habe."

„War mir klar. Ich mag alt und unmodern sein, dumm bin ich nicht."

„Und dennoch: Ich weiß, dass die Stimmen in meinem Kopf nicht real sind, doch sie haben recht, wenn sie behaupten, dass der von Ihnen genannte Preis für die Bude nicht okay ist. Denken Sie nur an all die Umbaumaßnahmen, die hier noch durchgeführt werden müssen, um das Loch bewohnbar zu machen. Ich sage nur: Größerer Balkon, komplett neue Böden, diverse Wandanstriche, Kaminofen, der Durchbruch von der Küche zum Esszimmer und ein Dutzend Lichterketten. Und dazu kommt, dass ich, hätten Sie mir heute den Zuschlag gegeben, auch noch eine neue Wohnzimmereinrichtung brauche."

„Warum?"

„Meine alte ist verbrannt."

„Ihre alte ist verbrannt?"

„Ja! Also, meine Wohnzimmereinrichtung. Meiner Rosi geht's gut. War an Heiligabend. Die ist völlig hinüber. Also, die Einrichtung jetzt."

„In Ihrer alten Wohnung hat es Weihnachten ein Feuer gegeben?"

„Aber so was von, Frau River. Und hätte meine Frau nicht unter Einsatz ihres Lebens damit begonnen, den Brand mit Wassereimern zu bekämpfen, hätten wir jetzt überhaupt keine Möbel mehr."

„Aber wie konnte es denn dazu kommen?" Das Gesicht der Vermieterin wirkte wahrhaftig schockiert.

„Unser Weihnachtsbaum ist nach der Bescherung irgendwie in Flammen aufgegangen."

„Oh Gott! Das muss ja schlimm für Sie und Ihre Familie gewesen sein. Hat denn die Versicherung den Schaden nicht übernommen?"

„Pustekuchen! Die haben direkt durchscheinen lassen, dass wir keinen Cent bekommen werden." Ich sah betreten zu Boden und spielte traurig an meinem Pferdeschwanz herum.

„Wie kann das denn?"

„Das sind quasi gewissermaßen sozusagen alles Verbrecher, das kann ich Ihnen sagen. Da zahlt man jahrelang seine Beiträge, und wenn man diese Halunken einmal braucht, lassen sie einen hängen."

„Und die wollen nicht einmal die Wohnzimmermöbel bezahlen?"

„Sagte ich doch bereits. Die Typen meinten, bei vorsätzlicher Brandstiftung kämen sie nicht für den Schaden auf."

„Vorsätzliche Brandstiftung?"

„Das muss man sich mal vorstellen. Da möchte ich meiner Familie samt Oma und Tante ein schönes Weihnachtsfest bereiten, stelle einen Baum mit echten Kerzen auf, rette meine Lieben vor dem Feuertod, informiere die Feuerwehr, und anschließend wird man im Stich gelassen."

Ich kramte meine Zigaretten aus der Jacke und zündete mir eine an, ohne die zutiefst erregte Hausführerin um Erlaubnis zu bitten.

„Das ist ja ein grausames Schicksal. Wie kommen diese Leute denn darauf, dass es Brandstiftung gewesen sein könnte?"

„Keine Ahnung! Ich bin völlig unschuldig. Ich habe in meinem ganzen Leben noch nie etwas Illegales getan. Ach ja, wollen Sie auch eine?"

„Nein, habe das Rauchen nie angefangen. Wo leben Sie denn zurzeit?"

„Wo wir leben? Nirgends! Das, was wir aktuell haben, ist nämlich kein Leben. Wir hausen in einer Dunkelkammer in der Wohnung meiner Schwiegermutter. Und die ist ein Drache, nur damit Sie´s wissen."

„Ein Drache? Ein richtiger, echter Drache?"

Ich blies meinen Zigarettenqualm zur Zimmerdecke und schnippte gedankenverloren etwas Asche auf den weißen Teppich.

„Ja, so mit fauligem Atem, Schuppen und Rauch vor dem Schlund."

„Das ist ja widerlich."

„Jawoll! Und hassen tut sie mich auch."

„Wirklich? Kann ich mir gar nicht vorstellen. Wo Sie doch so nett sind."

„Wenn ich´s doch sage."

„Aber wie kam es denn dazu, dass die Versicherung davon ausgeht, dass das Feuer vorsätzlich gelegt wurde?"

„Verleumdungen, Frau River Dingsbums. Und Falschaussagen."

„Verleumdungen und Falschaussagen?"

„Worauf Sie einen lassen können! Die Polizei und die Versicherung haben den Tipp von meinem Schwiegermonster bekommen. Das hat denen gesteckt, ich hätte das Feuer gelegt, um meine komplette Sippe auszulöschen. Und dabei stand die Furie völlig unter dem Eindruck der Haschplätzchen, die ich zur Bescherung für die Familie gebacken hatte."

„Haschplätzchen?"

Ich nahm einen letzten Zug von meiner Zigarette, ging in die Knie und drückte die Kippe an einer hölzernen Teppichleiste aus.

„Haben Sie schon mal welche gegessen? Sind wirklich gut."

„Äh, nein."

„Wollen Sie mal? Ich hätte noch ´ne Kiste im Auto."

„Ich bin mir nicht sicher, ob ich möchte, dass hier im Haus Drogen konsumiert werden – und schon gar nicht von mir."

„Drogen? Wer spricht denn von Drogen?"

„Trotzdem!"

„Zumindest hat diese Wahnsinnige zu Protokoll gegeben, dass ich beim Entzünden der Kerzen hämisch gegrinst habe, nachdem ich ihr vorher angedroht hatte, sie mit einer Lanze zu durchbohren."

„Das scheint mir ja ein harmonischer Abend gewesen zu sein."

„Ein typisch deutsches Weihnachtsfest halt."

„Haben Sie der alten Dame denn wirklich damit gedroht, dass Sie sie mit einer Lanze durchbohren würden?"

„Jawoll!"

„Wirklich?"

„Habe ich aber nicht so gemeint. Zumal wir ja auch gar keine Lanze im Haus hatten."

„Und haben Sie hämisch gegrinst, als Sie die Kerzen anzündeten?"

„Blödsinn! So was kann ich gar nicht. Ich war einfach nur glücklich, dass alle meine Lieben um mich herum waren."

„Meine Güte. Wie viel Leid kann man ertragen?"

„Sie werden lachen, aber das frage ich mich auch schon seit Jahren."

XXX

„Ich bin immer noch ganz durcheinander. Ich weiß nicht, was ich getan hätte, wenn einem meiner Liebsten etwas passiert wäre." Ich schnäuzte mich in meinen linken Armee-Jacken-Ärmel. „Wenn ich nur nicht diesen völlig vertrockneten Baum im Wohnzimmer aufgestellt hätte." Die Brechstein sah mich auf einmal mit einem nicht näher definierbaren Gesichtsausdruck an. Etwa eine Minute später hockte sie sich mit ihren noblen Klamotten dann völlig unerwartet im Schneidersitz auf den vollgeaschten Teppich und bedeutete mir, es ihr gleichzutun. Ich tat, wie mir befohlen und pflanzte mich neben die operierte Indianerin.

„Herr Rosenberg-Bratz?"

„Ja, Frau River ... of Babylon?"

Ihr Blick wurde eiskalt, und das künstliche Grinsen verschwand wie eine Schneeflocke auf einer heißen Herdplatte.

„Sie sind ein Lügner!"

„Hä?"

„Ich sagte, Sie sind ein Lügner. Ich muss zugeben, dass Sie Ihre Sache gut machen, aber Sie sind dennoch ein Lügner."

„Was ist denn jetzt auf einmal los? Kabelbrand im Gehirnstübchen?"

„Sie wollen mir allen Ernstes erzählen, dass Sie als Kaminbesitzer einen vertrockneten Baum in der Wohnung aufstellen, Wachskerzen entzünden und sich anschließend wundern, dass die Äste Feuer fangen?"

„Quasi gewissermaßen sozusagen."

„Und Sie wollen mir weismachen, das Ganze sei ein Unfall gewesen?"

„Was sollte es sonst gewesen sein?"

„Ich kann Ihnen sagen, was Sie da veranstaltet haben."

„Ach ja? Schießen Sie los."

„Sie haben den Brand extra gelegt. Vielleicht haben Sie nicht alles bis ins Detail geplant, doch Sie haben es zumindest in Kauf genommen."

Ich senkte den Kopf und steckte mir eine weitere Zigarette an.

„Blödsinn!"

„Sie machen mir nichts mehr vor. Ich habe Sie durchschaut."

„Aber…"

„Nichts aber! Verraten Sie mir einfach, warum Sie es getan haben."

Ich wand mich innerlich wie ein Aal, sah unsicher durchs leere Wohnzimmer und ließ schließlich den Kopf auf die Brust sinken.

„Ich kann es Ihnen nicht sagen. Es war so eine Art Kurzschlussreaktion; eine völlig blöde Sache, die ich falsch eingeschätzt habe. Ich wollte diesen Quälgeistern einfach nur eine Lektion erteilen und ihnen … einen Schrecken einjagen."

„Was Ihnen auch gelungen ist."

„Und nun?"

„Nun erzählen Sie mir, warum Sie für sich und Ihre Familie eine neue Wohnung suchen, wo Sie doch alles getan haben, um Ihre alte zu zerstören."

„Weil ich in den letzten Tagen gemerkt habe, dass ich nicht ohne meine Frau und die Kinder leben will – auch wenn sie regelmäßig kolossal nerven und mich oftmals nahezu in den Wahnsinn treiben."

„Und Sie meinen es ernst?"

„Sonst säße ich nicht hier."

„Und Ihnen tut die Sache mit dem Brand leid?"

„Klar! Vor allem wegen der Kunstledercouch. Die war echt bequem."

„Kennt Ihre Frau die ganze Wahrheit?"

„Haben Sie einen an der Mütze? Die geht weiterhin von einem Unglück aus und hat der Polizei auch genau das gesagt, so dass ich von denen zum Glück nichts zu befürchten habe."

„Dann lassen Sie sie in dem Glauben."

„Sie meinen…?"

„Was sie nicht weiß, macht sie nicht heiß. Zeigen Sie ihr stattdessen einfach zwischendurch mal, dass Sie sie lieben."

„Hm."

„Und besorgen Sie Ihrer Familie eine neue Bleibe. Eine, die Ihnen beim Neustart behilflich ist."

„Leichter gesagt als getan."

„Würde Ihnen diese Wohnung hier denn zusagen?"

„Sie ist ein bisschen teuer, aber ich denke, hier ließe es sich aushalten."

„Okay", resümierte das Denver-Biest und streckte den Rücken durch. „Dann sollten Sie sie nehmen, bevor ich es mir anders überlege."

„Wie bitte?"

„Sie können einziehen."

„Aber warum das denn auf einmal? Ich bin doch ein primitiver Asi."

„Sind Sie auch, aber irgendwie mag ich Ihre abstrusen Geschichten. Außerdem bin auch ich in meinem Leben schon oft in Situationen gewesen, in denen ich mir einfach nicht mehr zu helfen gewusst habe und am liebsten alles hingeschmissen und kaputtgeschlagen hätte."

„Aber Sie haben es niemals getan. Sie haben keine Brände gelegt."

„Natürlich nicht. Aber vielleicht hätte ich es machen sollen."

Sie nickte, und plötzlich war da ein echtes Lächeln in ihrem Gesicht.

„Aber eines muss klar sein, Herr Rosenberg-Bratz."

„Was denn?"

„Wir vereinbaren eine Probezeit von einem halben Jahr. Wenn Sie sich während dieser sechs Monate auch nur das kleinste Vergehen leisten, fliegen Sie hochkant wieder raus, verstanden?"

„Verstanden!"

„Und ich will, dass wir das schriftlich festhalten."

„Selbstverständlich!"

„Und glauben Sie nicht, ich würde hier nichts mitbekommen. Ich lebe in der Wohnung direkt über Ihnen. Ich höre es schon, wenn Sie in Ihrem Bad zu laut pupsen oder den Klodeckel fallen lassen."

„Ups!"

„Und noch was: Ich bestehe darauf, dass es bei Ihnen in Zukunft nur noch künstliche Weihnachtsbäume mit elektrischen Kerzen gibt."

„Versprochen!"

„Wer´s glaubt, wird selig, Sie Geschichtenerzähler."

„Und wer´s nicht glaubt, kommt trotzdem in den Himmel. Wetten?"

Pizza oder Brötchen?

„Was möchtest du heute zum Abendessen haben, Ingo?"
„Was hast du denn für die Kinder gemacht?"
„Gar nichts. Die schlafen doch heute Nacht bei meiner Mutter."
„Dann will ich Pizza. Müssten noch welche im Keller sein."
„Oder Brötchen?"
„Nee, lieber Pizza."
„Die Brötchen müssen aber weg. Morgen sind sie alt."
„Aber essen kann man sie dann trotzdem noch."
„Jetzt tu mal nicht so, Ingo. Als wenn du morgen noch alte Brötchen
von heute essen würdest."
„Aber wir können die doch einfrieren und morgen wieder auftauen.
Dann schmecken sie wieder frisch und knusprig."
„Du meinst, so frisch und knusprig wie heute?"
„Genau."
„Aber dann iss sie doch heute."
„Nee, heute will ich Pizza."
„Ich finde das ziemlich verschwenderisch von dir. Wir haben frische
Brötchen, und der feine Herr möchte lieber Pizza."
„Warum verschwenderisch? Ich will doch nichts wegwerfen."
„Spinn nicht rum! Du weißt genau, wie das läuft: Ich hol dir eine Pizza
aus dem Keller, die Brötchen wandern in den Brotschrank und werden
übermorgen weggeschmissen, weil sie morgen keiner mehr isst."
„Dann frieren wir sie eben jetzt direkt ein. Kannst sie ja mitnehmen,
wenn du in den Keller gehst."
„Klasse, und was esse ich heute?"
„Mach dir doch auch ´ne Pizza."
„Ich will aber keine Pizza, sondern lieber Brötchen. Ich habe sie extra
fürs Abendessen geholt."
„Meine Güte, dann iss halt welche! Hauptsache, ich bekomme meine
Pizza."
„Ich möchte aber nicht alle."
„Was?"
„Na, alle Brötchen."
„Dann frierst du halt die ein, die du nicht gegessen hast."
„Das lohnt sich doch gar nicht."
„Wohl."

„Super, dann werden die auf jeden Fall in ein paar Wochen weggeworfen, wenn ich das nächste Mal das Eisfach entrümpele und sie in der hintersten Ecke wiederfinde."

„Als wenn du in ein paar Wochen das Eisfach entrümpeln würdest. Als wir das das letzte Mal gemacht haben, waren unsere Kinder noch nicht einmal geboren, und nun ist Klara bereits elf."

„Zwölf, du Ignorant."

„Wie bitte?"

„Klara ist zwölf."

„Noch schlimmer."

„Zumindest würde ich mich persönlich sehr darüber freuen, wenn wir heute gemeinsam Brötchen essen würden."

„Aber warum fragst du mich überhaupt, was ich essen möchte, wenn du mir doch sowieso diese dämlichen Brötchen andrehen willst?"

„Ich weiß auch nicht. Habe einen Moment nicht richtig nachgedacht."

„Das ist ein grundlegendes Problem von dir, liebste Rosi. Du denkst zu wenig. Und wenn du es alle zwei bis drei Wochen doch mal versuchst, denkst du nicht richtig, weil du außer Übung bist."

„Soll das jetzt eine Beleidigung sein?"

„Nein, nur eine Tatsache."

„Wenn du so weitermachst, kriegst du heute Abend gar nichts mehr zu essen."

„Klar, ich muss Hunger leiden, weil du nicht richtig denken kannst. Mach mit den Brötchen, was du willst, aber schiebe mir jetzt bitte eine Pizza in den Ofen."

„Und die Brötchen?"

„Vergiss es!"

XXX

„Was gibt`s, du Denkmaschine?"

„Ich weiß nicht genau, was das für eine Pizza ist."

„Guck auf den Karton. Da haben die in der Fabrik nämlich extra was draufgeschrieben."

„Den habe ich nicht mehr. Du weißt doch, dass ich die Verpackungen immer schon direkt im Laden entsorge – wegen der Umwelt, Ingo."

„Wegen der Umwelt?"

„Ja."

„Aber bei uns landen Pappschachteln doch auch im Papiermüll."

„Quatsch nicht! Es kam super oft vor, dass du sie in den Kamin geworfen hast."

„Seitdem wir hier in der neuen Wohnung leben, haben wir aber keinen Kamin mehr."

„Aber wir hatten einen."

„Und weil wir früher mal einen Kamin hatten, lässt du heute die Pappschachteln im Supermarkt?"

„Was weiß denn ich? Zumindest habe ich ein besseres Gefühl, wenn ich sie direkt im Laden lasse."

„Klasse Idee! Vor allem, wenn man anschließend zuhause nicht mehr weiß, was man überhaupt gekauft hat."

„Ingo, ich glaube, ich reiß mal die Folie auf."

„Rosi, ich glaube, ich atme jetzt mal ein und danach wieder aus."

„Arschloch!"

„Selber!"

„Oh, ich glaube, es ist Spinat."

„Spinat will ich nicht."

„Egal Ingo, die musst du jetzt essen."

„Warum?"

„Weil die Folie auf ist."

„Vergiss es, ich esse keine Spinatpizza. Ich bin doch nicht Popeye."

„Und deshalb isst du keine Spinatpizza? Weil du nicht Popeye bist?"

„Genau."

„Blöde Begründung."

„Tja, damit musst du jetzt leben. Geh zurück in den Keller. Da müsste noch eine mit Thunfisch sein."

„Ich esse ja nichts mit Thunfisch. Wegen der Delfine, die sich immer wieder in den Schleppnetzen verfangen."

„Ich dachte, du hättest deine vegane Ernährung etwas gelockert."

„Ich esse aber dennoch keinen Thunfisch."

„Zwingt dich ja keiner. Mir ist das mit den Delfinen jedenfalls egal."

„Bist du ein ignoranter Egoist und Tierquäler."

„Egoist und Tierquäler? So ein Schwachsinn! Ich tue doch keinem weh. Warum sollte ich mich außerdem um diese komischen Delfine scheren? Die kümmern sich auch nicht um mich, oder kommt von denen mal einer hier vorbei, um mit mir für ́ne Stunde zu schwimmen?"

„Auf jeden Fall gibt es jetzt für dich Spinatpizza, wenn du schon keine Brötchen isst. Kannst dir den Belag ja runternehmen. Das geht ganz einfach: Du musst die Pizza nur kurz in der Mikrowelle auftauen. Danach lassen sich Tomatensauce, Käse und Spinat prima ablösen."

„Hallo, da kann ich doch direkt trockene Brötchen essen."

„Mein Reden."

„Nix da! Mach den Belag von mir aus runter. Aber anschließend packst du mir was Neues drauf."

„Okay, und was?"

„Tomatensauce, Käse und … ´ne Dose Thunfisch."

„Von mir aus. Wenn es den feinen Herrn zufriedenstellt."

„Tut es."

„Hättest du denn was dagegen, wenn ich mir deinen abgeschabten Spinatbelag auf zwei Brötchenhälften lege und diese im Ofen überbacke?"

„Warum sollte ich etwas dagegen haben, liebste Rosi?"

„Weil es doch dein Pizzabelag ist?"

„Den ich aber nicht esse."

„Ich wollte auch nur gefragt haben."

„Hast du ja jetzt. Doch warum möchtest du das mit dem Spinatbelag tun?"

„Dann schmecken die Brötchen besser. Fast wie diese Minipizzen aus dem Supermarkt."

XXX

„Und Ingo, wie schmeckt deine Pizza?"

„Geht so. Irgendwie selbstgemacht."

„Selbstgemacht?"

„Wenn ich´s doch sage. Der gekaufte Belag schmeckt mir auf jeden Fall besser – ist ein coolerer, besserer Käse auf den Fabrikpizzen."

„Meine Brötchen schmecken super."

„Hast ja auch den Fabrikkäse drauf."

„Willst du mal bei mir probieren?"

„Nee Rosi, ich esse keinen Spinat. Bin ja nicht Popeye."

„Kann ihn dir ja runternehmen, dann schmeckst du ihn gar nicht."

„Na gut, mach mal."

„Und, Ingo?"

„Gar nicht schlecht. Ich sagte ja, dass der Fabrikkäse besser ist."

„Aber so schlecht ist der aus unserem Kühlschrank doch auch nicht."

„Hast du ´ne Ahnung! Müsstest den Mist mal probieren. Der geht gar nicht."

„Darf ich mal kosten?"

„Nö!"

„Warum?"

„Sind Delfine drauf."

„Sind sie nicht. Ich habe mir die Aufschrift auf der Dose genau durchgelesen. Da steht, dass sie beim Fang darauf achten, dass sie ausschließlich Thunfische an Bord ziehen."

„Und du glaubst denen? Ich bin mir ziemlich sicher, gerade etwas Delfin herausgeschmeckt zu haben."

„Ja, ich glaube denen. Da war auch so ein Zertifikat dabei."

„Okay, nimm dir ein Stück."

XXX

„Hm, lecker! Ich finde, unser Käse passt da hervorragend drauf."

„Kannst die Pizza gerne zu Ende essen. Ich will die nicht mehr."

„Bist du denn schon satt, Ingo?"

„Eigentlich nicht."

„Möchtest du noch meine Spinathäppchen essen? Kannst dir das Gemüse ja rauspicken."

„Nee, lass mal. Ich gehe jetzt in die Küche und sehe nach, ob wir noch Salami oder Schinken im Kühlschrank haben."

„Und dann?"

„Dann mach ich mir ein paar Brötchen."

Die Lesung

Das Plakat zeigte einen gutaussehenden Mann im besten Alter. Verflucht, dachte ich voller Neid, während ich wie angewurzelt vor der Tür der Dorfbücherei stehen blieb. Einmal im Leben so aussehen. Ich wollte das Plakat schon abreißen, um es mir in die REWE-Plastiktüte zu stecken, als die Keule der Erkenntnis meinen Kopf wie eine Abrissbirne traf, und ich realisierte, dass es sich bei diesem Brad-Pitt-Schönling um niemand Geringeren handelte, als um mich selbst. Und die Druckbuchstaben unter dem Konterfei verkündeten nichts anderes, als den Grund für meine Anwesenheit in diesem verschlafenen Nest am Hinterteil der Welt.

„Autorenlesung in der Bücherei! Heute, 20 Uhr, Eintritt frei. "

Na großartig, schoss es mir durchs Hirn. Meinen Namen und den Titel des neuen Buches hätten sie ruhig noch dazuschreiben können. Nicht, dass hier gleich sämtliche Landfrauen des Kaffs auflaufen, weil sie denken, hier findet die Präsentation eines Kochbuches statt. Aber egal, wenigstens sehe ich auf dem Plakat unfassbar gut aus – und das zählt.

In diesem Augenblick spürte ich eine Hand auf meiner Schulter.

„Herr Rosenberg-Bratz?"

Ich drehte mich um und sah lange Zeit gar nichts. Schließlich senkte ich den Kopf und erblickte ein runzeliges Männchen, das so klein war, dass ich mich spontan fragte, wo es verdammt noch mal den Hocker gelassen hatte, auf den es geklettert sein musste, um meine Schulter zu erreichen. Sowohl sein Haar als auch sein akkurat gestutzter Schnurbart waren mausgrau, doch in seinen Augen brannte ein lebendiges Feuer.

„Guten Tag. Sind Sie Herr …?"

„Jawoll!", antwortete ich kurz, salutierte und streckte anschließend eine Hand in die Tiefe. Das Männchen, das dem alten Mister Miyagi aus dem Film *„Karate Kid"* verblüffend ähnlich sah, ergriff diese, indem es sich auf die Zehenspitzen stellte. Sein Händedruck war dabei so kräftig, dass ich fast in die Knie ging.

„Ich habe Sie erwartet."

„Das hoffe ich doch", erwiderte ich, zog die schmerzende Hand zurück und massierte sie behutsam. „Schließlich haben Sie Ihre Eingangstür ja auch fast komplett mit meiner Visage zugekleistert."

Der Alte drehte den Kopf zur Seite und starrte erst auf das Plakat und anschließend auf mich.

„Auf dem Foto sehen Sie aber deutlich besser aus – irgendwie gepflegter."

Ich räusperte mich und entschied, dass es eine ganz dumme Idee wäre, dem Grauen an Ort und Stelle den Schädel einzuschlagen. Dafür hatte ich einfach zu lange wie ein Zweitklässler daheim vor dem Spiegel das Lesen meiner eigenen Texte geübt. Und außerdem wusste ich ja auch nicht, ob der Gnom nicht vielleicht doch den schwarzen Gürtel in Karate hatte.

„Entschuldigung! Kommt nicht wieder vor. Sie haben uns zuhause vor ein paar Tagen das Wasser abgestellt, und ..."

„Schonen Sie Ihre Stimme und folgen Sie mir."

XXX

Er führte mich durch ein altmodisches Foyer, an der Ausleihtheke vorbei, direkt in einen kleinen, äußerst niedrigen Saal, in dem etwa hundert Klappstühle in Halbkreisen vor einem Stehpult aufgestellt worden waren. Die Luft ließ vermuten, dass hier schon geraume Zeit kein Mensch mehr geatmet hatte. Die Wände waren holzvertäfelt, die an vielen Stellen durchgetretene Auslegware dunkelbraun. Mein unsteter Geist hatte jedoch nur Augen für das Stehpult.

„Das war so nicht abgemacht."

„Wie bitte?", fragte der Karate-Zwerg.

„Das mit dem Stehdings da."

„Das mit dem Stehdings da?"

Ich verdrehte die Augen.

„Ich meine das Pult da vorne. Glauben Sie allen Ernstes, ich halte meine Lesung im Stehen ab?" Der Alte sah mir gleichgültig ins Gesicht.

„Was ich glaube, tut hier nichts zur Sache."

„Auf jeden Fall will ich einen Tisch und ein Mikrofon."

Der Graue verfiel für etwa zwei Minuten in eine Art Totenstarre, wobei er seine kleinen Äuglein halb geschlossen hielt. Nachdem er aus dem Nirwana zurückgekehrt war, murmelte er:

„Wenn Sie darauf bestehen, können Sie sich einen Tisch aus dem Keller holen. Das mit dem Mikrofon sollten Sie aber mal schnell vergessen. So etwas haben wir nicht. Wir sind hier ja nicht an der Technischen Universität oder in einer Diskothek."

„Soll ich mir etwa zwei Stunden lang die Seele aus dem Hals brüllen?",
keifte ich so erregt, dass sich meine Stimme fast überschlug. „Hier
stehen mindestens … tausend Stühle rum! Ohne Verstärkeranlage hört
man mich niemals bis in die letzte Reihe!"
Auf dem faltigen Gesicht des Alten erschien ein gütiges Lächeln.
Wahrscheinlich dachte er gerade an die Reisfelder seiner Heimat.
„Herr Rosenberg-Bratz. Wie ich Ihnen bereits sagte, haben wir so
neumodisches Zeug nicht. Und Ihr Organ erscheint mir auch nicht so
schwach, als müsse es noch zusätzlich verstärkt werden."

XXX

Nachdem ich einen dreibeinigen Tisch samt Stuhl aus dem Keller der
Bücherei eine enge Treppe hochgewuchtet und vor die Sitzreihen
gestellt hatte, schlug ich mir mindestens fünf Minuten lang den Staub
aus den Klamotten, um mich anschließend schnaufend zu setzen. Mein
Atem klang rasselnd, und irgendwie war jedes Mal, wenn ich einatmete,
ein so hoher Ton zu hören, dass ein Beobachter der Szene durchaus auf
die Idee hätte kommen können, dass ich zum Mittag gebackene
Trillerpfeife hatte. Scheiß Hausstauballergie, dachte ich. Wenn ich nicht
augenblicklich eine rauchen gehe, bekomme ich in ein paar Minuten
keine Luft mehr, und dann wird das gleich keine Lesung, sondern eine
Japsung.
Ich sah auf die Uhr. Noch hatte ich dreißig Minuten Zeit, und Zuhörer
waren auch noch keine da. Kurzatmig öffnete ich die REWE-Tasche,
nahm die zwanzig Bücher heraus, die ich zu Verkaufs- und
Signierzwecken mitgebracht hatte, und stapelte sie fein säuberlich auf
dem Tisch. Dann eilte ich, immer heftiger schnaufend, durch den Saal,
während ich mich dafür verfluchte, mein Asthma-Inhalationsspray an
diesem Tag vergessen zu haben.
Draußen vor der Bücherei empfing mich eine klare, kühle Luft. Es war
Anfang Oktober, und die Helligkeit des Tages war fast schon der
Dunkelheit des Abends gewichen. Ich setzte mich auf eine
Treppenstufe, atmete noch einmal lautstark ein und zündete mir eine
Zigarette an. Der Rauch tat meinem Asthma nicht wirklich gut, doch
irgendwie beruhigte er die Nerven. Man soll das Gute auch im Kleinen
suchen, und darin war ich stets ein Großer gewesen.

In diesem Augenblick läutete mein Handy. Ich fummelte das Telefon, Modell „*Weimarer Republik*", aus meiner Jackeninnentasche.

„Ja? Wer nervt?"

„Bist du es?" Die Stimme meiner Gattin klang schrill und aufgeregt.

„Wer sollte es sonst sein? Bruce Willis?"

„Weiß ich doch nicht. Vielleicht … ein anderer?"

„Ein anderer? Macht Sinn. Du wählst meine Nummer, und ein anderer, der zufällig die gleiche Stimme hat wie ich, meldet sich. Klingt logisch."

„Aber es könnte doch sein, dass…"

„Komm zum Punkt! Erstens habe ich laut Statistischem Bundesamt höchstens nur noch etwa 30 Jahre zu leben, und zweitens beginnt meine Lesung gleich. Die Halle ist bereits bis auf den letzten Platz ausverkauft – mit jungen, hippen Leuten."

Ich stand auf und schlenderte mit dem Handy am Ohr und der Fluppe im Mund ein wenig um das alte Büchereigebäude herum, während meine Lunge noch immer Schiedsrichter spielte.

„Du mit deiner dummen Lesung!", keifte meine Frau. „Du gehst deinem völlig überflüssigen Hobby nach, und ich habe hier ´ne Mörderkrise."

„Schatz!", bellte ich in einem Tonfall, der vermuten ließ, dass ich das soeben benutzte Kosewort nicht wirklich wörtlich gemeint hatte. „Dein komplettes Leben ist eine astreine Aneinanderreihung von Krisen. Ach, was sage ich? Du selbst bist eine komplette Krise. Und bis jetzt hat dich das auch noch nie sonderlich gestört."

„Ich weiß, aber jetzt ist es was anderes. Ich habe mich ausgesperrt."

Ich erreichte einen parkähnlich angelegten Garten und setzte mich schwer atmend auf eine Holzbank. Mann, dachte ich. Hier liegt aber viel Hausstaub in der Luft. Die könnten ruhig mal wieder saugen.

„Du wolltest sicher sagen, dass sie dich *eingesperrt* haben", erwiderte ich. „Schatz, sei mir nicht böse, aber ich finde, das war längst überfällig. Aber mach dir keine Sorgen. Ich habe letztens noch im Radio gehört, dass es heutzutage viel leichter ist, aus Psychiatrien entlassen zu werden als noch vor zwanzig Jahren."

„Du Hornochse! Du elender …"

„Haben sie dir gar nichts zur Beruhigung gegeben, Rosi? Was sind denn da für Dilettanten am Werk? Gib mir doch mal den Onkel Doktor."

„Hier gibt es keinen Doktor, du kleiner, dummer, untalentierter Hobbyschriftsteller! Hier gibt es nur eine verschlossene Tür, die …"

Ich legte auf. Wenn meine Gattin mit einigen ihrer Aussagen auch nicht so ganz daneben lag, so hielt ich das Wort „klein" bei meiner Körpergröße von einszweiundachtzig doch für arg übertrieben. Sollte sie doch die Ärzte in der Klapse beschimpfen.

Ich zertrat die Kippe und zündete mir direkt eine neue an. Meine Lunge dankte es mir artig und pflichtbewusst mit einer deftigen Hustenattacke und einer weiteren Trillerpfeife, die zeitgleich mit der ersten zu hören war – seltsamerweise jedoch einen ganzen Ton tiefer.

XXX

„Ach, hier haben Sie sich versteckt", vernahm ich plötzlich die Stimme des Karate-Gurus, während ich zeitgleich einen weiteren Anruf von der Tochter meiner schuppenhäutigen Schwiegermutter wegdrückte. „Wenn Sie nicht bald kommen, fangen die da drinnen ohne Sie an."

„Immer mal langsam mit den jungen Pferden", erwiderte ich lässig und erhob mich, während ich einen halben Kubikmeter Rauch aus Mund und Nase strömen ließ. „Wer wird denn gleich einen auf Hektik machen? In der Ruhe liegt die Kraft. Haben Sie das Ihrem Schützling im Film nicht immer gesagt, wenn Sie mit ihm im Sonnenuntergang auf irgendwelchen Berggipfeln herumgeturnt sind?"

„Wie bitte?"

„Egal", beruhigte ich ihn und zertrat die Kippe auf dem Boden. „War nicht so wichtig. Die Dreharbeiten sind ja auch schon mindestens zwanzig Jahre her. Da kann man schon mal was vergessen."

Als wir den Saal betraten, Mister Miyagi verzog sich direkt ins Nirgendwo, hatte sich meine Lunge wieder auf Normalfunktion eingestellt. Dafür wurde ich jedoch beim Anblick der Lokalität so heftig von einem unsichtbaren Güterzug gestreift, dass ich beinahe zu Boden ging. Der Raum war etwa zu einem Viertel gefüllt, und die Luft war geschwängert von einem Gemisch aus Stimmengewirr und dem Duft von Pfefferminztee. Was jeden unbekannten Vorleser zunächst einmal glücklich gemacht hätte, es waren nämlich tatsächlich Menschen gekommen, stürzte mich als waschechten Poetry-Slammer jedoch augenblicklich in ein Tal der Depression. Nicht, dass mir die Anzahl der Zuhörer Sorge bereitet hätte. Nein, ich hätte meine Show auch vor fünf Leuten abgezogen. Es lag vielmehr an der Zusammensetzung des

Publikums, welches in diesem Augenblick verstummte, um mich mit großen, zumeist sehr unscharfen Augen argwöhnisch zu mustern. Ich atmete tief durch, sammelte mich einige Sekunden und ging weiter. Egal, dachte ich. Dieses Ding wird durchgezogen. Schließlich ist die Welt nichts für Drückeberger – und Senioren sind auch Menschen.

Bevor ich meinen Tisch erreichen konnte, bemerkte ich eine etwa 35-jährige Frau, die von der Seite her auf mich zugelaufen kam. Sie trug die unverkennbare Tracht einer Nonne, ihre Augen strahlten wie zwei Xenon-Scheinwerfer auf Speed, und ihr Gesicht war geprägt von einer außerordentlichen Attraktivität. Sie trat dicht an mich heran und legte eine Hand auf meinen Unterarm.

„Herr Dichter?" Ihr Atem roch nach Eukalyptus, und ich ertappte mich dabei, wie ich sie mir ohne ihr komisches Pinguingewand vorstellte.

„Jawoll!", antwortete ich eine Spur zu laut und salutierte formvollendet. „Was kann ich für Sie tun, schöne Frau Schwester?"

„Schwester reicht", flötete die Hübsche lächelnd.

„Geht klar, schöne Schwester. Wo drückt das Mieder? Wo kneift das Korsett?" Das Gesicht der Nonne veränderte sich nicht um eine Nuance, sondern drückte stattdessen weiterhin pure Freundlichkeit aus.

„Mein Name ist Regina."

„Ha, meiner ist Fanta! An Wochenenden auch gerne mal Sprite."

Sie sah mich so verständnislos an, dass mir schlagartig klar wurde, dass sie meinen kleinen Scherz nicht kapiert hatte. Wahrscheinlich wurde dort, wo sie lebte und arbeitete, über andere Dinge gelacht.

„Ich bin eine Ordensschwester."

„Neeee! Jetzt echt? Und ich hätte gewettet, Sie wären Soldatin."

„Ich bin keine Soldatin", kicherte sie. „Haben Sie das echt gedacht?"

„Natürlich! Sie haben da so was Strenges um Ihre Mundwinkel."

„Das ist ja voll witzig! Hihihihi! Für eine Soldatin bin ich noch nie gehalten worden. Wo ich doch auch meinen Habit anhabe."

„Ach so! Und ich dachte, den hätten Sie nur an, weil er Ihnen gefällt."

„Nein, das ist sozusagen meine Berufs-, manche sagen sogar Berufungskleidung. Toll, oder?"

„Auf jeden Fall! Macht ´nen schlanken Fuß."

„Wussten Sie eigentlich, dass ich im St. Josefshaus arbeite? Das ist ein Seniorenstift. Bin heute Abend mit einigen Bewohnern hier."

„Das wusste ich in der Tat nicht. Wir kennen uns aber auch erst seit vierzig Sekunden."

„Stimmt! Da haben Sie recht. Da können Sie es natürlich nicht wissen."

„Obschon ich mir das bereits gedacht habe." Ich wies mit dem Kinn in die Richtung des Publikums. „Dass Sie nicht die Begleiterin einer Gruppe von blutjungen Stripperinnen sind, ist mir gleich aufgefallen."

„Wieso?"

„Vergessen Sie´s! Was gibt´s? Wie kann ich Ihnen behilflich sein?"

„Die Bücher sind alle."

„Die Bücher? Ich verstehe nicht."

„Das sind so seltsame Objekte, die aus vielen bedruckten Seiten bestehen." Sie warf den Kopf zurück und ließ ein Lachen erklingen, das stark an das Wiehern eines alten Esels erinnerte. Und in diesem Augenblick wusste ich endlich, über was dort, wo sie lebte und arbeitete, gelacht wurde.

„Ich weiß, was Bücher sind, Schwester Regina. Ich weiß nur nicht, was Sie mir sagen wollen, wenn Sie meinen, dass die Bücher alle sind."

„Die Bücher sind halt alle."

„Was alle? Sind sie alle ganz toll, alle vom Tisch gefallen oder haben sie sich alle eigenmächtig in Luft aufgelöst?"

„Herr Fanta. Sie sind alle … alle! Weg! Futschikato! Sie hatten einige auf den Tisch gelegt, und ich habe sie vorsorglich schon mal verteilt. Leider waren es nicht genug. Haben Sie noch welche?"

„Äh, Schwester. Ich glaube hier liegt ein Missverständnis vor. Die Bücher waren nicht dazu bestimmt, dass sie vor Veranstaltungsbeginn an die Zuhörerschaft ausgehändigt werden."

Die hübsche Braut Gottes blickte dumm aus der zweifarbigen Wäsche.

„Nicht?"

„Nee! Schließlich sind das ja auch keine Gebetbücher und diese Lesung keine heilige Messe. Ich hatte eigentlich daran gedacht, sie nach der Veranstaltung an Interessierte zu verkaufen."

„Dann ist da wohl was falsch gelaufen."

„Denke ich auch. Es wäre schön, wenn Sie sie wieder einsammeln könnten."

„Wieder einsammeln?"

„Wieder einsammeln."

„Was?"

„Die Bücher. Die Dinger mit den bedruckten Seiten."

132

„Alle?"

„Die Gescheiteste sind wir wohl auch nicht, was? Sind wir deshalb Nonne geworden? Da gibt´s wohl keinen NC drauf, was?"

„Wie bitte?"

„Vergessen Sie`s!". Ich fühlte, wie sich meine Geduld langsam verabschiedete. Außerdem spürte ich erneut mein Handy in der Jackentasche vibrieren. „Ich möchte, dass Sie die Bücher wieder einsammeln. Und zwar zügig, wenn ich bitten dürfte. Die ersten Ihrer Senioren fangen nämlich bereits damit an, die Klarsichtfolien abzureißen und die Seiten zu zerknittern."

„Herr Fanta, könnten Sie nicht mal eine Ausnahme machen? Die alten Menschen freuen sich doch so. Sie packen so selten Dinge aus."

„Natürlich kann ich eine Ausnahme machen. Geben Sie mir einen Zehner pro Exemplar, und die Sache ist geritzt."

„Ich meinte das irgendwie anders."

„Ich nicht. Ich bin doch nicht von der Heilsarmee."

„Glauben Sie denn nicht an Jesus?"

„Nö, der ist für mich gestorben."

„Aber … für mich doch auch. Er starb für uns alle, um uns zu retten."

„Das meinte ich jetzt anders. Ich bin seit Jahren praktizierender Antichrist. Es ist gar nicht lange her, da bin ich noch verdächtigt worden, die Mutter Gottes mit einer Schusswaffe getötet zu haben."

„Die Heilige Mutter Gottes?"

„Genau die! Und zwar mit einem gezielten Schuss in die Stirn."

„Gott stehe uns bei! Der Antichrist! Ich habe es immer kommen sehen." Sie schwankte, während sie mit jeder Sekunde bleicher wurde.

„Ich glaube es nicht. Sie sind der Verleugner der Liebe, der Zerstörer der Menschlichkeit, der Fürst der Finsternis?"

„Die Menschen werden irgendwann das, was sie später einmal sind."

„Dann sind Sie also tatsächlich der Widersacher und Feind Gottes?"

„Die einen sagen so, die anderen so! Und jetzt sammeln Sie meine Bücher wieder ein, bevor ich mein Augenmerk auch noch auf sein menschliches Bodenpersonal richte."

Schwester Regina nickte, drehte sich um und rannte mit wehender Kutte wie eine Irre zu den alten Leuten hinüber, um ihnen, ohne ein Wort der Entschuldigung oder Erklärung, die Bücher aus den Händen zu reißen.

XXX

17,5 Sekunden später lagen alle Exemplare wieder an ihrem alten Platz, während sich Schwester Regina in die letzte Stuhlreihe begeben hatte, um neben einem alten Seebären mit Ostfriesenhemd sitzen zu können. Ich sah auf die Uhr, stellte fest, dass meine Zeit gekommen war, und schritt andächtig wie ein Pastor vor meine Gemeinde. Ich deutete eine Verbeugung an und wunderte mich nicht schlecht, als das Plenum anfing, wie bekloppt zu applaudieren. Ich grinste wie der Ziegenhirte Peter in „*Heidi*", fuhr mir durchs lange Haar und bedankte mich artig und wohlerzogen. Danach setzte ich mich an meinen dreibeinigen Tisch, der, solange man ihn nur richtig belastete, überraschend stabil war.

„Sehr geehrte Männer und Frauen, liebe Senioren!" Ich schaute ins Rund und erblickte ausschließlich offene Münder, ratlose Blicke und zu Boden gefallene Thermoskannen. Prächtig! Mein erster Witz hatte schon mal eingeschlagen wie eine Wasserstoffbombe.

„Ich finde es großartig, dass Sie heute Abend alle gekommen sind – oder sich haben bringen oder schieben lassen. Egal, ob Sie nun wollten oder nicht. Mein Name ist „*Fanta the Devil*". Ich bin Poetry- ... äh, Buchautor und werde Ihnen heute humorvolle Texte und Geschichten aus meinen ersten beiden Werken vortragen."

Hier und da wurden Gesichter länger, Speisereste aus Zahnritzen gepult oder vollgeschnäuzte Taschentücher begutachtet und analysiert.

„Sollten Sie während der Veranstaltung bemerken, dass Sitznachbarn von Ihnen vom Stuhl kippen oder hinausgetragen werden, machen Sie sich keine unnötigen Gedanken; die haben sich nur totgelacht. Die, wie ich finde, schönste Art, diese Welt zu verlassen. Machen Sie mir als Humoristen gleich also bitte das größtmögliche Kompliment, das es gibt: Sterben Sie wie die Fliegen!"

Da auch diese Pointe trotz einer eindringlichen Sprechpause nicht zündete, fuhr ich fort:

„Denjenigen, die das Ende dieses Mega-Events der ausgelassenen Stimmung und der guten Laune aus oben genanntem Grund nicht mehr erleben werden, danke ich im Voraus also nochmals herzlich fürs Kommen. Allen anderen wünsche ich dennoch viel Vergnügen und im Zweifelsfall einen geruhsamen Schlaf."

Wieder Applaus! Diesmal jedoch verhaltener und vorsichtiger. Ich grinste diabolisch, griff in meine Armee-Jacke und suchte nach der Lesebrille. Als ich sie nach zwei Minuten noch immer nicht gefunden hatte, erinnerte ich mich daran, dass ich überhaupt keine Lesebrille brauchte, folglich also keine besaß und folglich folglich auch keine finden konnte. Ich zuckte mit den Schultern, schlug mein erstes Buch „*Esst keinen braunen Schnee!*" auf und begann meine Lesung.

XXX

„Was hat sie gesagt? Geht das nicht lauter?"
Ich stoppte mitten im Satz und starrte die Störerin, eine fast völlig in sich zusammengesunkene Omi mit weißem Haar, unruhigen Augen und einer Butterbrotdose auf den dürren Knien, grimmig an.
„Es tut mir leid, dass ich so schlecht zu verstehen bin!", schrie ich schließlich donnernd in den Saal hinein. „Doch der Veranstalter war nicht bereit, mir eine Verstärkeranlage zur Verfügung zu stellen."
Die Seniorin zuckte ratlos mit den Schultern, wand sich an die neben ihr sitzende Betreuerin und brüllte:
„Was hat sie denn jetzt wieder gesagt? Ich versteh kein Wort. Spricht die junge Frau überhaupt Deutsch?"
Die Gemeinte, ein höchstens 19-jähriges Mädchen mit ernstem Blick und riesiger Brille, beugte sich peinlich berührt zu der Dame hinunter, strich ihr übers Haar und redete beruhigend auf sie ein. Schließlich sah sie mich an, streckte einen Daumen nach oben und nickte mir zu.
Ich nickte ebenfalls, zuppelte mir am Kinnbart herum und fuhr fort. Doch ich sollte nicht weit kommen. Bereits wenige Sekunden später erklang die schrille Stimme der Betagten erneut durch den Raum, während ich einen weiteren Anruf von Rosi wegdrückte.
„Das ist ein Mann? Was ist denn das für einer? Der neue Zivi?"
Das Mädchen neben ihr errötete, legte einen Arm um die Frau und sprach erneut auf sie ein. Doch diese wollte einfach keine Ruhe geben.
„Das ist gar kein Zivi? Was macht der denn da? Und warum hat der so lange und fettige Haare? Ist das etwa ein Rocker?"
Das Mädchen kramte in einer Art Reisetasche herum, holte einen kleinen Plüschelefanten hervor und gab ihn der Omi. Diese nahm das Kuscheltier glücklich in ihre Hände und drückte es gegen die Brust.

XXX

Wenige Minuten später, ich hatte meine erste Geschichte noch nicht einmal beendet, ganz davon zu schweigen, dass die eingebauten Witze

135

nicht einen einzigen Lacher erzeugt hatten, kam es zu einer weiteren außerplanmäßigen Unterbrechung. Während die weißhaarige Frau inzwischen mit ihrem Plüschelefanten im Arm eingeschlafen war und lautstark vor sich hin schnarchte, begann in der vierten Zuschauerreihe ein alter Mann plötzlich wie wild mit den Armen um sich zu schlagen, wobei er einen anderen Senior mit voller Wucht im Gesicht traf und ihm die Nase brach. Dabei rief er immer wieder verzweifelt: „Ich hab doch vorher gesagt, dass ich Pipi muss! Ich hab es vorher doch extra gesagt!" Ich beobachtete, wie zwei Pfleger dem Aufgebrachten halfen, auf die Beine zu kommen. Anschließend führten sie ihn, dessen Hose an verschiedenen Stellen auffällig dunkle Flecken aufwies, wie einen gemeingefährlichen Strafgefangenen aus dem Lesesaal, während sich andere um den Blutenden mit dem gebrochenen Riechkolben kümmerten.

Als sich die Unruhe wieder gelegt hatte, sah ich desillusioniert und zaudernd auf meine Zuhörer. Von den noch etwa 25 Anwesenden war inzwischen die Hälfte eingenickt. Die anderen kauten an Butterbroten, Fingernägeln oder dem Pflegepersonal herum. Ich beobachtete sogar eine Dame mit dunkler Sonnenbrille und Altersflecken auf Stirn und Wangen, die sich ihr Gebiss aus dem Mund genommen hatte und es mit einer mitgebrachten Zahnbürste reinigte, wobei es ihr immer wieder auf den Boden fiel.

Niemand sah nach vorne; niemand hatte seinen Blick auf mich gerichtet; niemand schien überhaupt zu registrieren, dass es mich gab und was ich von ihnen wollte. Sogar Schwester Regina war vollends damit beschäftigt, ihren alten Seebären, der immer wieder zur Seite zu kippen drohte, aufrecht zu halten.

Wut und Enttäuschung krochen wie zwei giftige Zwillingsschlangen langsam und doch unaufhaltsam durch meine Eingeweide und ließen mich immer mehr zittern und kochen. Sollte ich einfach gehen? Diese Veranstaltung hinter mir lassen und in meinem Opel nach Hause fahren? Würde doch sowieso niemand bemerken.

Ich stützte mich auf die Ellenbogen, vergaß das fehlende vierte Bein und musste tatenlos mitansehen, wie der Tisch polternd umkippte. Als ich verstohlen ins Publikum sah, realisierte ich, dass kaum jemand etwas von meinem Missgeschick mitbekommen hatte. Nur ein buckeliger Mann in der zweiten Reihe betrachtete mich mit aufmerksamem Blick.

Sein Gesicht war faltig und zerfurcht, und seine Augen wirkten so traurig, dass sie mir einen Schauer über den Rücken jagten.

Ich erhob mich, stellte den Tisch wieder auf und legte die Bücher zurück. Und endlich fasste ich einen Entschluss. Ich langte nach der Plastiktüte, stopfte meine Bücher hinein, warf mir die Jacke über die Schulter und wollte mich gerade dem Ausgang zuwenden, als mein Blick noch einmal im Gesicht des Buckeligen verharrte. Hatte es sich verändert? Schüttelte der alte Kauz tatsächlich kaum wahrnehmbar den Kopf? Ich ließ Jacke und Büchertüte zu Boden sinken und beobachtete, wie sich der Alte langsam erhob und mit unsicheren Schritten auf mich zukam. Schließlich blieb er dicht vor mir stehen und sah mir direkt in die Augen. Er roch intensiv nach feuchter Erde, Lehm und Mutterboden. Und dann erhob er seine Stimme.

„Wenn Sie jetzt gehen, werden Sie es immer tun, wenn es darauf ankommt. Überlegen Sie genau, ob Sie für den Rest Ihres armseligen Lebens ein Flüchtling und Drückeberger sein wollen."

Ich wich zurück und kratzte mich verlegen am Hinterkopf.

„Was soll ich denn tun?"

„Hören Sie endlich mal auf Ihr Herz, Sie arrogantes Riesenarschloch."

Mit diesen Worten drehte sich der Mann wieder um und schritt würdevoll und zugleich wie unter Schmerzen durch den Mittelgang hinaus aus dem Saal.

XXX

Wir bildeten einen Stuhlkreis. Elf Senioren, vier Pflegekräfte, Schwester Regina und ich. Die übrigen Juppshäusler, die einfach zu müde für diese Art von Abendveranstaltung gewesen waren, waren in der Zwischenzeit von ihren Betreuern ins Wohnheim zurückgebracht worden. Ich fuhr mir nervös übers Gesicht, drückte einen weiteren Anruf von Rosi weg, schlug *„Esst keinen braunen Schnee!"* auf und begann erneut mit dem Lesen. Diesmal jedoch völlig ungekünstelt und nüchtern – und mit lauter, klarer Stimme. Und die Gruppe dankte es mir, indem sie aufmerksam zuhörte, dann und wann verstohlen grinste und an manchen Stellen sogar hüstelnd lachte.

Nachdem ich die erste Geschichte beendet hatte, eine eher langweilige Story, in der ich schilderte, wie ich als 20-Jähriger mal eine Nacht auf St. Pauli verbracht hatte, schloss ich das Buch und sah in die Runde.

„Junger Mann", meinte die Frau mit dem Plüschelefanten, die inzwischen wieder so frisch und wach wirkte, als hätte sie einen Liter *Red Bull* getrunken. „Das haben Sie ganz wunderbar gemacht. Hätte ich einem Rocker gar nicht zugetraut."

„Vielen Dank! Schön, dass Ihnen die Geschichte gefallen hat."

Die Dame beugte sich vor, leckte sich über die Lippen und grinste.

„Sie hat mir nicht gefallen, junger Mann."

„Sie hat Ihnen nicht gefallen?"

„Sind Sie taub?"

„Nein."

„Warum haben Sie meine Worte dann wiederholt?"

„Ist eine Angewohnheit von mir."

„Sollten Sie sich abgewöhnen. Wirkt ein bisschen dümmlich."

„Oh."

„Haben Sie noch andere blöde Angewohnheiten?"

„Jawoll! Ich salutiere zum Beispiel regelmäßig, wenn ich mich mit Leuten unterhalte und *jawoll* sage."

„So wie jetzt gerade?"

„Jawoll!"

„Wirkt auch dümmlich. Abgewöhnen!"

„Werde es versuchen. Ihnen hat meine Geschichte also nicht gefallen?"

„Nicht gefallen ist dabei noch freundlich formuliert, junger Mann. Sie war fürchterlich. Die Handlung war langweilig und vorhersehbar, und Sie schreiben schlechter als mein 7-jähriger Enkel."

„Äh …"

„Ihr Stil ist pubertär und überzogen, und Ihr sprachlicher Ausdruck zuweilen völlig unakzeptabel, peinlich und vulgär."

„Wenn Sie meinen."

„Meine ich, junger Mann." Die Dame hob eine zitternde Hand und streichelte ihrem Plüschelefanten zärtlich über den gebogenen Rüssel.

„Aber Sie haben ganz wunderbar vorgelesen. Das hat mir gefallen."

„Danke!" Ich war mir einen Moment lang nicht sicher, ob ich die Omi in den Arm nehmen oder erwürgen sollte.

„Gern geschehen. Wissen Sie, dass ich lange in Hamburg gelebt habe?"

„Nein, woher auch?"

„Ja", erwiderte sie, und ihre Augen begannen zu leuchten. „Ich bin 1958 wegen der Liebe an die Elbe gezogen. Mein Herbert hatte dort eine kleine Tischlerei, und ich habe ihm die Bücher gemacht."

„Da haben wir was gemeinsam: Ich mach auch in Bücher."

Sie fingerte sich unbeholfen ein Taschentuch aus ihrem Ärmel.

„Wir haben fast 40 Jahre dort gelebt. War eine schöne Zeit. Haben unsere beiden Kinder in Hamburg bekommen und großgezogen. Ich erinnere mich noch, wie wir jedes Jahr an die Nordsee gefahren sind. Wollten nirgendwo anders hin, die Kleinen, obwohl die See ja direkt vor der Haustür lag."

„Kann ich verstehen!", krächzte in diesem Augenblick der Seebär, der neben Schwester Regina saß und der alten Dame schweigend zugehört hatte. „Ich bin über drei Jahrzehnte auf allen sieben Weltmeeren unterwegs gewesen, doch am schönsten war es immer auf der Nordsee. Diese raue, graue, tosende, alte Lady."

Ich blickte in die Runde und sah nickende Köpfe, leuchtende Augen und gerötete Wangen.

„Wir waren als Kinder immer in den Bergen", berichtete nun die Frau mit der großen Sonnenbrille, die ihre Zähne glücklicherweise in diesem Augenblick im Mund hatte. „Was haben wir mit den Eltern für Wanderungen unternommen. Über Stock und über Stein ging es damals, das will ich Ihnen wohl sagen. Und Pausen haben wir nur gemacht, wenn wir richtig aus der Puste waren. Ich weiß noch, wie wir das als Kinder gehasst haben. Vor allem, wenn wir am Abend die Schuhe auszogen, um unsere Blasen mit Salbe einzuschmieren. Wir hatten da ja noch nicht so moderne Wanderstiefel, wie es sie heute gibt." Sie machte eine Pause, ließ ihr Gebiss durch den gesamten Mund wandern und flüsterte: „Doch so anstrengend das auch war; jetzt würde ich alles dafür geben, wenn ich nur einen einzigen Tag noch einmal erleben dürfte."

Ich rutschte unruhig auf dem Stuhl hin und her, zuppelte an meinem Kinnbart herum und verfluchte das, was meine Augen völlig unerwartet zum Tränen brachte. Scheiße, dachte ich. Jetzt bloß nicht anfangen zu flennen. Doch das Leben hatte alles mit mir – nur kein Erbarmen.

„Mein Herbert wollte auch immer mal in die Berge", brachte sich die Dame mit dem Plüschelefanten wieder ins Gespräch ein. „Doch er hat es nie geschafft. Hat die Berge nie gesehen. Ist 1997 an Krebs gestorben."

„Manchmal darf man die Dinge nicht aufschieben", sagte der Seebär und zog die Mundwinkel nach unten. „Das Leben geht schnell vorbei. Die Zeit saugt ständig an dir, und immer denkst du, dass du noch viele Jahre vor dir hast. Und eines Tages wirst du morgens wach, schaust in den Spiegel und bist alt. Und du stellst fest, dass da keiner mehr ist, der auf dich wartet. Und deine Knochen tun dir weh, und du würdest am liebsten nur noch den ganzen Tag auf der Kaimauer sitzen und aufs Meer schauen."

Ich räusperte mich.

„Warum sitzen Sie denn nicht dort und sehen aufs Meer?"

„Tja, junger Mann. Das ist eine lange Geschichte."

Ich betrachtete den Alten. Jeder im Stuhlkreis betrachtete ihn, wie er so dasaß. Gebeugt, allein und mit gesenktem Gesicht. Und da hob er den Kopf ganz plötzlich wieder in die Höhe und sah mit einem fast schon schelmischen Grinsen in die Runde.

„Aber ihr werdet es schon noch erleben, ihr Tattergreise. Es dauert nicht mehr lange, und ich bin wieder an der See. Dann sitze ich auf der Kaimauer, schmecke die Meeresluft, lausche dem Nordwind und sehe hinaus aufs Meer. Und ich winke ihr zu, meiner alten Lady. Wetten?"

Ich starrte auf meine ungepflegten Fingernägel und richtete das Wort schließlich noch einmal an den alten Seebären.

„Wollen Sie uns vielleicht diese Geschichte erzählen, die Sie eben erwähnten? Ich glaube, wir würden sie alle gerne hören."

XXX

Während die meisten Besucher den Saal etwa zwei Stunden später verließen, kam eine der Altenpflegerinnen an meinen Tisch, griff nach einem Buch, begutachtete es wie einen Lachs auf dem Fischmarkt und hielt es mir anschließend, zusammen mit einem 10-Euro-Schein, direkt vor die Nase. Ich nahm das Geld entgegen, lächelte professionell und zog einen Stift aus der Innentasche meiner Bomberjacke.

„Und, mit Widmung?"

„Ja."

„Was soll ich schreiben?"

„Für meine beste Freundin Babette."

„Für meine beste Freundin Babette?"

„Ja."

„Und soll ich anschließend auch signieren?"

„Ja, mit Ihrem Namen."

„Mit dem von Babette?"

„Nein, mit Ihrem."

„Ach so. Und, sind Sie Babette?"

„Wie?"

„Na, ich möchte wissen, ob Sie Babette sind."

„Nein, wieso?"

„Weil ich doch schreiben soll: *Für meine beste Freundin Babette.*"

„Nee, Babette ist meine beste Freundin."

„Und wie heißen Sie?"

„Katrin."

„Aha! Und Sie meinen also, dass ich jetzt in dieses Buch *Für meine beste Freundin Babette* reinschreiben soll, um anschließend mit meinem Namen zu unterzeichnen?"

„Ja klar."

„Aber ich kenne Babette nicht."

„Aber ich. Ist meine beste Freundin."

„Ja, aber wenn ich reinschreibe *Für meine beste Freundin Babette, Ingo Rosenberg-Bratz*, dann passt das irgendwie nicht."

„Da ist doch genug Platz auf der Seite."

„Schon, ich wollte nur sagen, dass die Widmung unpassend wäre."

„Warum? Sie ist doch meine beste Freundin."

„Ja, aber nicht meine."

„Wie?"

„Na, ich kenne die Babette nicht."

„Aber ich."

„Gut. Also, wie wäre es denn, wenn ich *Für Babette, Ingo Rosenberg-Bratz* reinschreibe?"

„Nee! Babette ist ja meine beste Freundin. Ich möchte, dass das durch die Widmung hervorgehoben wird."

„Aha. Ich kann ja schreiben: *Für Babette, die beste Freundin von Katrin, Ingo Rosenberg-Bratz.*"

„Das ist zu lang."

„Wieso? Ich muss das doch schreiben."

„Nein! Schreiben Sie einfach: *Für meine beste Freundin Babette, Ingo Rosenberg-Bratz.*"

„Das passt aber immer noch nicht."

„Warum denn nicht?"

„Weil es eben nicht meine beste Freundin ist."

„Die ist total lieb."

„Das glaube ich ja, aber es ist nicht meine beste Freundin. Ich kann das nicht schreiben. Was denkt die denn, wenn sie das liest?"

„Dass ich ihre beste Freundin bin."

„Eben nicht! Sie denkt, dass ich ihr bester Freund bin. Oder sie meine beste Freundin. Aber es passt nicht."

„Was machen wir denn jetzt?"

„Wie wäre es denn, wenn ich einfach nur *Für Babette, viel Spaß beim Lesen, Ingo Rosenberg-Bratz* schreibe?"

„Aber es ist doch ein Geschenk von mir – an Babette."

„Ja, das kann´s ja auch sein. Sie können ihr das Buch ja schenken."

„Aber dann muss da doch stehen: *Für meine beste Freundin* und äh, *Babette.*"

„Wissen Sie was? Ich schreib jetzt einfach *Für Babette* und lass da noch ein bisschen Platz. Und anschließend schreib ich meinen Namen drunter, und Sie können, was immer Sie wollen, dazu schreiben."

„Hm, bin ich nicht mit einverstanden."

„Tja, was machen wir denn jetzt?"

„Schreiben Sie doch einfach: *Für meine beste Freundin Babette, Ingo Rosenberg-Bratz.*"

„Oh mein Gott! Dann mach ich das jetzt, okay?"

„Ja."

„Hier, bitte schön."

„Was haben Sie denn jetzt geschrieben?"

„*Für meine beste Freundin Babette, Ingo Rosenberg-Bratz.*"

„Ach so, ja. Na gut. Ich kann das nicht lesen."

„Doch, vertrauen Sie mir. Ich habe das geschrieben."

„Ganz schöne Sauklaue."

„Tut mir leid."

„Hätte ich das gewusst, hätte ich auf die Widmung verzichtet. Oder sie selber geschrieben."

„Dafür ist es jetzt zu spät."

„Hätten Sie mir ruhig vorher sagen können."

„Was?"

„Dass Sie so schmieren."

„Ich habe nicht geschmiert."

„Wohl! Das sieht nicht schön aus. Ganz ehrlich."
„Jetzt kann ich aber nichts mehr dran ändern."
„Doch, Sie könnten mir ein anderes Buch geben."
„Heilige Makrele! Eher lasse ich mir alle Arme und Beine abhacken."
„Das soll aber ein Geschenk werden – für Babette."
„Ich glaube, Sie erwähnten es."
„Schöne Scheiße! Was denkt die denn jetzt?"
„Wer?"
„Babette."
„Na, dass ich ihr bester Freund bin - oder sie meine beste Freundin."
„Das wäre ja blöd."
„Mein Reden! Aber Sie wollten es ja so."
„Was? Dass Babette das denkt?"
„Nein! Sie wollten, dass ich diese Widmung schreibe. Aber vielleicht haben wir ja Glück, und Babette kann die Schrift auch nicht lesen."
„Meinen Sie, das könnte passieren?"
„Wenn sie Ihnen ein wenig ähnlich ist, stehen die Chancen nicht schlecht. "
„Dann wollen wir das mal hoffen, was?"
„Dann wollen wir das mal hoffen."
„Trotzdem … Danke schön."
„Bitte schön."

XXX

Nachdem Katrin mit ihrem frischen Fang im Arm mürrisch abgezogen war, reichte mir Schwester Regina strahlend die Hand.
„Vielen Dank, Fanta Luzifer. Oder sollte ich doch lieber Herr Rosenberg-Bratz sagen?"
„Nennen Sie mich, wie Sie wollen", antwortete ich grinsend, während ich die übriggebliebenen Bücher einpackte. „Aber versuchen Sie nicht schon wieder, mich zu bestehlen."
„Sie haben den Leuten heute Abend ein großes Geschenk gemacht."
„Was habe ich denn schon getan?", erwiderte ich und zog mir meine Jacke an. „Ich habe Texte vorgelesen, die keine Sau interessiert haben."
„Falsch!", widersprach die Nonne mit Nachdruck. „Sie haben den alten Menschen die Möglichkeit gegeben, sich zu erinnern. Sie haben sie

sprechen und träumen lassen. Haben Sie bemerkt, wie die alle bei der Lebensgeschichte von Herrn Petersen geweint haben?"

„War ja auch ein Rührstück erster Güte. Da blieb kein Auge trocken."

„Sie haben nicht wegen der Geschichte vom alten Petersen geweint. Sie haben wegen ihrer eigenen Geschichten, Lebensumstände und verpassten Chancen geweint."

„Na, großartig", maulte ich. „Ich hatte eigentlich vorgehabt, meine Zuhörer zum Lachen zu bringen."

„Sie haben sehr viel mehr erreicht, Herr Rosenberg-Bratz. Sie haben die Herzen der Menschen erwärmt. Sie haben sie ausreden, fühlen und aufleben lassen. Viele von denen haben seit Monaten und Jahren nicht mehr wirklich gesprochen. Nichts mehr von sich preisgegeben. Der heutige Abend hat ihnen geholfen, sich an ihr Leben zu erinnern. Den Schmerz, die Leiden aber auch das Glück vergangener Tage wieder vor Augen zu haben. Heute Abend waren sie wieder sie selbst. Sie waren wieder Menschen mit Geschichten, Träumen und Gefühlen. Keine alten Leute, die gefüttert, gewickelt und gewaschen werden müssen und für deren Gedanken sich niemand interessiert. Sie haben diesen Senioren heute ihre Ehre zurückgegeben. Ihre Ehre und ihre Würde."

Ich nickte widerwillig, zuckte mit den Achseln und warf mir die Tüte über die Schulter.

„Wie dem auch sei, Schwester. Aber jetzt hören Sie auf mit diesem gefühlsduseligen Weicheiquatsch. Ich bin für so was nicht gemacht."

„Ach, sind Ihnen deshalb eben die Tränen übers Gesicht gelaufen? Weil Sie für so etwas nicht gemacht sind?"

„Das lag nur an dieser verfluchten Hausstauballergie, Sie Früchtchen. Und jetzt muss ich nach Hause. Wenn ich nicht bald eine Kippe und ´ne Flasche Wodka in die Finger kriege, drehe ich am Rad."

Die Schwester trat einen weiteren Schritt auf mich zu.

„Würden Sie mir noch eine Bitte gewähren?"

„Kommt drauf an", antwortete ich. „Wenn Sie sich ein Autogramm von mir auf Ihre Brüste wünschen, bin ich dabei. Wenn Sie wollen, dass ich Ihrer Kirche beitrete, muss ich passen."

„Das würde ich niemals verlangen", erwiderte Schwester Regina, die ob meiner ersten Bemerkung tiefrot angelaufen war. „Dürfte ich Sie einmal kurz in den Arm nehmen? Natürlich nur zu Therapiezwecken; weil Sie doch der Antichrist sind."

Ich blickte der seltsamen Frau in die Augen, und die Freundlichkeit und Reinheit, die sie ausstrahlte, schnürte mir regelrecht die Kehle zu. Nach einer halben Ewigkeit räusperte ich mich und knurrte:

„Tun Sie, was Sie nicht lassen können. Aber eins sage ich Ihnen: Geknutscht wird nicht! Und wenn, dann ohne Zunge. Ist das klar?"

XXX

Als ich wieder in meinem Kadett saß, klingelte das Handy.

„Yes?"

„Ingo?"

„No, I´m Bruce Willis from Los Angeles."

„Du unfassbar dämlicher Penner! Du kranker und völlig untalentierter Aushilfsschreiberling! Du Ausgeburt der Hölle! Du Teufel!"

„Hallo Rosi. Schön, deine sanfte Stimme zu hören. Woher weißt du, dass ich der Antichrist bin? Haben wir da mal drüber gesprochen?"

„Nur damit du es weißt: Es ist endgültig aus! Sobald ich in die Wohnung komme, nehme ich meine Sachen und die der Kinder und fahre zu meiner Mutter. Ich habe die Schnauze gestrichen voll!"

„Toll, dass sie dich wieder aus der Psychiatrie entlassen haben."

„Das ist alles, was dir einfällt? Ich habe mindestens zehnmal versucht, dich zu erreichen, doch du hast mich stets weggedrückt."

„Kann nicht, wäre mir aufgefallen."

„Lüg mich nicht schon wieder an."

„Glaube mir, ich lüge nicht. Habe ich noch nie."

„Ich hasse dich!"

„Und ich muss dir was sagen."

„Das lass ich nicht mehr mit mir machen, das schwöre ich. Weißt du, dass ich den ganzen Abend wie eine Blöde im Treppenhaus herumgestanden und auf den feinen Herrn Autor gewartet habe? Ich hätte dich schon verlassen sollen, nachdem du mich auf der Party von diesem Karl Bauer vor der gesamten Nachbarschaft blamiert hast. Oder, nachdem du unsere Wohnung in Brand gesetzt hast, du Psycho!"

„Das war ein Versehen."

„Dass ich nicht lache! Ich glaube, meine Mutter hatte doch recht."

„Könntest du bitte diesen Drachen aus dem Spiel lassen?"

„Die Kinder spielen verrückt, unsere Scheißvermieterin ist nicht zu Hause, und ich erreiche einfach niemanden. Ich war schon bei einigen Nachbarn, doch keiner war in der Lage, die Tür aufzukriegen."

„Liebe Rosi, pass mal auf. Ich war und bin ein Arschloch, doch ich werde mich ändern. Das verspreche ich dir."

„Sag mal, hörst du eigentlich zu? Ich klage dir mein Leid, und du faselst nur dummes Zeug."

„Du hast recht, wenn du behauptest, dass ich ein arroganter und egozentrischer Teufel bin, doch das ist jetzt vorbei."

„Ich glaube dir kein Wort mehr. Du hast deine Chancen gehabt."

„Rosi, ich liebe dich."

„Bist du besoffen? Mir ist völlig egal, was du jetzt wieder für eine Show abziehst. Wenn du nicht bald kommst, rufe ich die Feuerwehr. Die treten die Tür ein, und du kannst schön die Rechnung zahlen."

„Schatz, ich bin in weniger als einer Stunde bei dir."

„Es macht mir ja auch nichts aus, noch eine Stunde hier zu warten."

„Cool! Sagte ich schon, dass ich nicht ohne dich leben möchte?"

„Klappe!"

„Und ich habe mir überlegt, dass wir am Wochenende mal wieder mit den Kindern an die Nordsee fahren könnten."

„An die Nordsee? Hast du einen Schaden? Komm erst mal nach Hause. Dann kriegst du richtig was zu hören."

„Okay! Und am Freitag fahren wir ans Meer. Und wir nehmen noch jemanden mit."

„Wir nehmen noch jemanden mit? Ne Tussie, oder was?"

„Nö! Nur einen alten Träumer, der mich heute gelehrt hat, die Dinge anzupacken, so lange es noch geht."

„Du immer mit deinen Schwachsinns-Ideen. Gib Gas! Ich habe Hunger, und die Mädchen müssen ins Bett."

„Ich beeile mich."

„Arschloch!"

„Ich fliege zu dir."

„Teufel!"

„Ex-Teufel! So viel Zeit muss sein."

Von Autos, Garagen und Menschen

„Oh Gott, Ingo! Wie siehst du denn aus?"
„Im Vergleich zu dir auf jeden Fall unglaublich attraktiv."
„Das meinte ich nicht."
„Ich aber schon. Obwohl, wenn ich`s mir recht überlege; zieh` dich aus und leg dich hin. Ich muss mit dir reden."
„Lass mich los, du Strolch! Du blutest!"
„Ich vergaß, dass es zuweilen Ziegen gibt, die keinen Bock haben."
„Ingo, du blutest wirklich."
„Kann nicht. Habe die Wechseljahre gerade hinter mir."
„Finger weg! Du hast eine Wunde an der Stirn."
„An der Stirn?"
„Wenn ich`s doch sage."
„Blödsinn, da ist nichts. Ups!"
„Mein Reden."
„Was ist das denn?"
„Blut."
„Das kann kein Blut sein. Wie soll das denn dahin kommen?"
„Weiß ich doch nicht, du Dumpfbacke. Setzt dich erst mal hin."
„Wenn du meinst."
„Doch nicht auf die neue Garnitur. Willst du die völlig verschmieren?"
„Weiß nicht, sag du`s mir."
„Setz dich an den Tisch."
„Gut so?"
„Ja, hier ist es besser. Warte, ich hole ein Tuch."

XXX

„Jetzt erzähl mal. Wie kommt das Blut an deine Stirn?"
„Hä?"
„Bist du gerade etwa eingeschlafen?"
„Quatsch! Hab nur nachgedacht. Über unser Leben und so."
„Schnarchend und mit dem Kopf auf der Tischplatte?"
„Ist halt ein langweiliges Leben."
„Ingo, du bist völlig besoffen."
„Du denkst nur das Schlechteste von mir. Ich hab gar nichts getrunken."
„Das sehe ich. Jetzt lass mich erst mal das Blut wegwischen."

„Welches Blut?"

„Ingo, verdammt! Halt still."

„Aua!"

„Entschuldige, aber das muss ich jetzt machen."

„Musst du nicht. Du kannst mich einfach in Ruhe lassen. Ich bin müde."

„Ich mach dir jetzt das Blut weg und sehe mir die Wunde an."

„Mach, was du willst. Ich gehe ins Bett. Gute Nacht."

„Bleib endlich ruhig sitzen!"

„Mach ich doch! Was meckerst du eigentlich so rum?"

„Wie ist das denn passiert?"

„Was?"

„Das mit dem Blut?"

„Mit welchem Blut?"

„Jetzt tu nicht so. Dem auf deiner Stirn."

„Ich habe Blut auf der Stirn? Was redest du denn für einen Unsinn?"

„Hattest du einen Unfall? Bist du gestürzt?"

„Nee, kann doch wohl noch laufen."

„Was dann?"

„Keine Ahnung! Der Wagen ist auf einmal gegen was vorgefahren. Von ganz alleine. Konnte ich gar nichts für."

„Der Wagen?"

„Ja, der Wagen. Bist du schwerhörig?"

„Welcher Wagen, Ingo?"

„Quasi gewissermaßen sozusagen … unser!"

„Unser Auto ist seit gestern in der Werkstatt, und wir kriegen ihn erst am Montag zurück. Zumindest, wenn die es schaffen, ihn noch einmal über den TÜV zu bekommen."

„Ups!"

„Wie ups?"

„Dann war das wohl nicht unser Wagen."

„Wie, nicht unser Wagen?"

„Was stellst du eigentlich für komische Fragen? Ist das ein Verhör?"

„Natürlich nicht. Jetzt halt doch mal still! Bist du denn gefahren?"

„Wie jetzt?"

„Ob du den Wagen gefahren bist?"

„Klar! Bin ja nicht betrunken. Da werde ich wohl noch fahren können."

„Aber welches Auto bist du gefahren?"

„Das ist ja doch ein Verhör. Ich möchte meinen Anwalt sprechen."

„Welches Auto bist du gefahren, Ingo?"

„Siehst du? Wie im Film. Gleich holst du noch ´ne Schreibtischlampe und leuchtest mir in die Augen."

„Welches Auto?"

„Ist das so wichtig? Ich sage gar nichts mehr."

„Natürlich ist das wichtig. Weil jetzt nämlich irgendjemand sein Auto vermisst, das du im dicken Kopf zu Schrott gefahren hast."

„Habe es nicht zu Schrott gefahren. Bin ja nur einmal gegen was vor."

„Aber gegen was?"

„Gegen irgendwas halt. Wollte die Karre bei uns in die Garage stellen."

„Ingo, wir haben keine Garage."

„Nochmal ups!"

„Hä?"

„Dann war das wohl nicht unsere Garage."

„Ingo, welches Auto bist du in wessen Garage gefahren?"

„Wo bleibt eigentlich mein Anwalt?"

„Ingo!"

„Ha, da fällt mir einer ein: Was ist grün und riecht nach Speck?"

„Ich bin jetzt nicht zu Späßen aufgelegt. Die Sache ist ernst."

„Kermits Zeigefinger."

„Ingo, sieh mich an. Was war los?"

„Verstehst du? Wegen Miss Piggy. Die zwei haben was miteinander."

„Lach nicht so laut. Du weckst die Kinder."

„Welche Kinder?"

„Ich würde vorschlagen, wir gehen jetzt mal raus und sehen uns in der Nachbarschaft um. Das an deiner Stirn ist nur ein kleiner Kratzer."

„Haben wir eigentlich noch Bier im Kühlschrank?"

„Komm, steh auf! Wir gehen nachsehen."

„Ob wir noch Bier im Kühlschrank haben?"

„Nein! Wir gehen nachsehen, in welche Garage du gebrettert bist."

„Na, in unsere."

„Los jetzt! Und mach nicht so einen Krach."

„Warum bist du eigentlich noch wach?"

„Weil du wie ein Berserker gegen unsere Wohnungstür getreten hast."

„Warum?"

„Keine Ahnung! Hast deinen Schlüssel vielleicht nicht gefunden."

„Kann sein. Was ist denn nun mit dem Bier?"

„Ruhe im Treppenhaus! Die Mumie von oben macht sonst wieder Terz."

„Hier leben Mumien? Oh, wie gruselig. Weiß das unsere Vermieterin?"

„Sei jetzt still und mach das Licht an."

„Mach ich ja."

„Ingo, da liegt jemand."

„Da liegt jemand? Wer denn?"

„Keine Ahnung! Ein großer Mann mit Glatze."

„Ach, den kenne ich. Das ist Waskowska. Der tut nichts."

„Der tut nichts?"

„Na, der ist ganz lieb. Und wenn der aufsteht, will der nur spielen."

„Was macht der denn hier?"

„Ich glaube, der pennt."

„Warum pennt der hier?"

„Vielleicht ist er müde."

„Aber warum vor unserer Wohnungstür?"

„Heiliger Gammelhammel, frag ihn. Vielleicht findet er es gemütlich."

„Ist der etwa auch besoffen?"

„Wieso auch?"

„Ingo, fass mal mit an. Wir bringen ihn rein."

„Ich mach jetzt gar nichts mehr. Ich gehe ins Bett."

„Du hilfst mir gefälligst! Wir können ihn ja nicht so liegenlassen."

„Warum nicht? Der fühlt sich doch wohl."

XXX

„Wo bin ich, und … was ist passiert?"

„Frage ich mich auch. Ingo kam blutend zur Tür rein, und Sie lagen schlafend im Treppenhaus."

„Ingo, du hast geblutet?"

„Jawoll!"

„Hör mit dem dämlichen Salutieren auf, Ingo. Das ist total affig."

„Hab gar nicht salutiert. Hab nur geguckt, ob ich noch blute."

„Ist das passiert, wo du das Auto in eure Garage fahren wolltest, Ingo?"

„Ich glaube schon, Robert."

„Ich habe dir gleich gesagt, dass das nicht passt."

„Du hast es vorher gewusst? Warum?"

„Die Garage war einfach zu klein."

„Robert, wir haben gar keine Garage."

„Ups!"

„Herr Waskowska. Erinnern Sie sich daran, in welche Garage Ingo gefahren ist?"

„Ich weiß nur, dass da schon ein Auto drin stand. Hatte auch Lichter an. Deshalb wusste ich ja auch vorher, dass das nicht passen kann."

„Herr Waskowska! Unser Opel steht in der Werkstatt. Es kann also nicht unser Wagen gewesen sein."

„Ups! Ingo, sag du doch auch mal was."

„Ich sag gar nichts. Ich warte nämlich auf meinen Anwalt."

„Ich dachte auf jeden Fall, dass es Ingos Auto war. Wegen der Musik."

„Wegen welcher Musik, Herr Waskowska?"

„Wegen der polnischen CD, die ich Ingo letzte Woche geliehen habe. War noch in seinem CD-Player und lief gerade."

„Robert, du dämlicher Penner. Die CD habe ich dir direkt am nächsten Tag wiedergegeben. Habe sie dir in deinen Wagen gelegt, als du mich mit zur Arbeit genommen hast. Ich fand die Musik Scheiße."

„Dann war das gar nicht dein Auto, Ingo."

„Soweit waren wir schon, Herr Waskowska."

„Wessen Auto war es dann?"

„Robert, bist du besoffen? Es kann nur dein Wagen gewesen sein."

„Mein Wagen? Da bin ich aber froh."

„Da bist du froh? Warum?"

„Weil dann die CD wieder da ist. Ich hatte sie schon vermisst. Ist meine Lieblings-CD. Erinnert mich immer an meine Heimat."

„Robert, du bist so was von bescheuert."

„Ich weiß! Habe mir viel von dir abgeguckt."

„Jetzt müssen wir nur noch klären, was das für eine Garage war, Herr Waskowska."

„Das ist einfach, Frau Rosenberg-Bratz. Steht mein Auto drin."

„Sie meinen, Ihr Auto steht davor?"

„Ja, so halb. Parkt ja bereits ein anderer Wagen drin."

„Und wie finden wir die Garage mitten in der Nacht?"

„Das ist auch einfach. Nur dem Licht und der Musik nachgehen."

„Hä?"

„Na, Ingo hat das Licht, und ich die Musik laufen lassen."

„Sie haben die Musik angelassen?"

„Ja, war gerade ein so gutes Lied dran. Ich fand es schön, durch die Straße zu gehen und meine Musik zu hören."

„Und die müsste jetzt noch laufen?"

„Ganz sicher! Ist ´ne lange CD.“

„Und wenn nicht?“

„Dann mach ich sie wieder an. Ist schöne Musik. Kommt aus Polen.“

XXX

„Da ist die Garage. Und mein Wagen. Da vorne!“

„Das ist Ihr Auto, Herr Waskowska?“

„Ja, wieso? Finden Sie es nicht schön?“

„Doch, wunderschön.“

„Man hört es ja auch an der Musik. Und das Licht ist auch noch an.“

„Das ist aber keine Garage. Das ist eine Bushaltestelle.“

„Ingo, du hast mein Auto in eine Bushaltestelle gefahren, du Idiot.“

„Nein, in eine Garage. Ganz sicher. Und zwar in unsere.“

„Kann nicht, mein liebster Gatte. Es steht ja dort.“

„Ah, jetzt weiß ich! Die Scheinwerfer haben sich in der Scheibe gespiegelt. Deshalb dachte ich, dass da schon ein Auto drinsteht.“

„Ist zum Glück nicht viel beschädigt worden, Herr Waskowska. Der Ingo ist nur leicht gegen diese Eisenbank gefahren.“

„Ich bin nur froh, dass es nicht unsere Garage war. Was da alles hätte kaputtgehen können.“

„Und ich bin froh, dass es nicht unser Auto war. Wegen des TÜVs.“

„Und ich bin froh, dass die CD wieder da ist. Hatte sie schon vermisst.“

„Und nun, Ingo?“

„Jetzt fahren wir die Karre weg, Rosi. Kann ja so nicht stehenbleiben.“

„Du fährst nicht mehr. Du bist besoffen.“

„Gar nicht.“

„Und Sie auch nicht, Herr Waskowska.“

„Dann fahre ich mein Auto nur kurz rückwärts raus und stelle es da vorne auf den Parkplatz, okay?“

„Das sind nur knapp 20 Meter. Das müsste gehen.“

„Und dann latschen wir zurück, Robert. Du schläfst heute bei uns.“

„Geht das denn?“

„Klar! Ich glaube, wir haben auch noch Bier im Kühlschrank.“

„Darf ich meine CD mitnehmen? Die können wir bei euch hören.“

„Robert, stell die Karre weg! Aber lass die CD bitte im Wagen.“

XXX

„Ach, Ingo. Ich bin echt erleichtert, dass es nicht unser Auto war. Und dass dir nichts Schlimmes passiert ist."

„Musst mich deswegen aber jetzt nicht gleich in den Arm nehmen. Wir sind hier ja nicht bei „Hart aber herzlich", oder sehe ich das falsch?"

„Hab dich doch gar nicht in den Arm genommen."

„Wohl, habe ich genau gemerkt."

„Dann nehme ich den Arm eben wieder weg, du unsensibler Knochen."

„Ach, wenn er schon mal da liegt, kannst du ihn auch da lassen. Ich glaube, die Straßen sind ein bisschen glatt. Kannst mich stützen."

„Die Straßen sind eisfrei und völlig trocken."

„Noch nie was von diesem heimtückischen Blitzeis gehört? Das kommt schneller als wie wenn man bis zwanzig zählen kann."

„Klar, vor allem, wenn du es in deinem Zustand versuchst."

„Weißt du was, Rosi? Manchmal frage ich mich echt, wie ich damals so doof sein konnte, auf dich hereinzufallen."

„Das fragst du dich nur manchmal? Ich frage mich das ständig."

„Du fragst dich, wie ich so doof sein konnte, auf dich hereinzufallen?"

„Umgekehrt, du Hornochse."

„Ich bin zumindest froh, dass es nicht unsere Garage war, in die ich unser Auto gefahren bin. Schon wegen unserer Vermieterin."

„Du bist echt ein unverbesserlicher Laberkopp vor dem Herrn."

„War das gerade ein Kompliment?"

„Natürlich, Ingo."

„Da bin ich ja beruhigt. Etwas anderes hätte ich auch nicht akzeptiert."

„Komm, lass uns mal einen Schritt zulegen. Dein Kumpel wirkt nicht so, als könne er sich noch lange auf den Beinen halten. Und außerdem will ich nach Hause und ins Bett."

„Nimmst du mich mit?"

„Mit nach Hause?"

„Nö, mit ins Bett!"

„Das muss ich mir noch mal überlegen."

„Und wenn ich mich ganz doll benehme?"

„Wie willst du das denn anstellen?"

„Keine Ahnung, aber da fällt mir schon was ein. Bin ja schließlich nicht nur unglaublich attraktiv, sondern auch noch klug und sensibel."

„Na, da bin ich aber mal gespannt."

„Kannst du auch sein, liebe Rosi. Ich werde dir beweisen, dass ich ganz tief im Herzen ein Guter bin."

Epilog im Himmel

„Du wolltest mich sprechen, Ingo?"

Ich sah vom Polieren meiner Harfe auf und zuckte so heftig zusammen, als stünde der Leibhaftige persönlich vor mir.

„Jawoll!"

„Musst nicht salutieren; so wichtig bin ich auch nicht."

„Werde es mir merken."

„Dein Wort in Gottes Ohr, Ingo. Nun, da wäre ich also."

„Du nuschelst ja wie Til Schweiger. Und der Größte bist du auch nicht."

„Solltest mich mal hören und sehen, wenn ich wütend bin."

„Dann werde ich dich mal lieber nicht ärgern, was?"

„Würde ich dir auch raten. Was kann ich für dich tun, mein Sohn?"

„Ich glaube nicht, dass ich dein Sohn bin, denn dann hättest du was mit meiner Mutter haben müssen. Und ihr Name war definitiv nicht Maria."

„Ach Ingo. Ich könnte dir Dinge von deiner Mutter erzählen, die dich erblassen lassen würden. Und außerdem ist das nur so eine Redewendung von mir."

„Da bin ich aber froh. Man weiß ja, was im Allgemeinen so mit Söhnen von dir passiert."

„So sei es! Was gibt´s denn nun?"

„Zunächst muss ich dir sagen, dass das ganz schön lange gedauert hat, bis du dich bei mir gemeldet hast. Ich bin schon eine Ewigkeit hier."

„Entschuldige! Ich hatte wegen meiner Schäfchen viel um die Ohren."

„Weißt du eigentlich, wie man einen nennt, der Schafe haut?"

„Keine Ahnung."

„Mähdrescher."

„Muss ich mir merken. Nun, was willst du?"

„Ich will weg! Hier ist es stinklangweilig."

„Stinklangweilig?"

„Verstehen wir Dinge nur, wenn wir sie nachplappern, du göttliches Echo? Ja, stinklangweilig. Vom permanenten Nichtstun habe ich bei dieser hohen Luftfeuchtigkeit schon Schimmel und Rost angesetzt. Und außerdem bringt mich mein Lungenschmacht um."

„Das ist nur schwer möglich, mein Sohn. Du bist bereits tot."

„Besserwisser!"

„Ich bin kein Besserwisser, ich weiß es nur tatsächlich besser."

„Dann nervt mich mein Lungenschmacht eben – und zwar kolossal."

„Du weißt schon, dass Rauchen tödlich sein kann, ja?"

„Ach Gottchen, du bist ja soooo witzig."

„Und ich soll dir jetzt ein paar Stangen Kippen besorgen?"

„Wäre zumindest ein guter Anfang. Und wenn´s geht auch noch ´ne Kiste Wodka und ein paar Bräute – so wegen Nächstenliebe und so."

„Das hört sich aber ganz schön gierig an."

„Gier ist nur ein Wort, das eifersüchtige Männer für die Ehrgeizigen übrig haben."

„Gut gebrüllt, Löwe. Das sagt mein stärkster Widersacher auch immer. Aber es tut mir leid. Das ist nicht drin."

„Was jetzt? Die Zigaretten, der Wodka oder die Bräute?"

„Ich kann dir keinen deiner Wünsche erfüllen. Bin ja schließlich nicht der Weihnachtsmann."

„Aber ich dachte, wir wären hier im Himmel?"

„Sind wir auch. Aber das von dir Geforderte gibt es dennoch nicht."

„Dann will ich in die Hölle! Und zwar sofort."

„Ohne zu wissen, worauf du dich da einlässt?"

„Dort kann es nur besser sein als hier."

„Ich kann da nicht mitreden, Ingo. War lange Zeit nicht mehr dort."

„Egal! Ich will endlich wieder was erleben."

„Ist dir bewusst, dass es von dort kein Zurück gibt?"

„Das hoffe ich doch."

„Gut, Ingo. Ich will sehen, was sich da machen lässt."

„Schwörst du`s bei Gott?"

„Ich schwöre es bei Gott."

„Und auf die Bibel?"

„Komm, mein Sohn. Übertreiben wollen wir`s nicht."

„Okay, vielen Dank."

„Nicht dafür."

„Oh Scheiße, du göttlicher Zwerg! Leck mich am Arsch!"

„Was erzürnt dich denn so, Ingo?"

„Nichts! Ich hasse nur Leute, die Floskeln wie *Nicht dafür* benutzen."

„Werde es mir abgewöhnen. Eines musst du mir jedoch versprechen."

„Und das wäre?"

„Du darfst in der Hölle niemandem etwas von mir oder dem Himmel verraten. Das wäre gegen die vereinbarten Spielregeln."

„Warum?"

„Weil beide Seiten ihre Kraft und ihren Mythos daraus ziehen, dass man eben nicht genau weiß, was in der jeweils anderen Welt so abgeht."

„Abgemacht! Aber eins sage ich dir: Wüssten die Menschen auf der Erde, wie langweilig es hier ist, würde sich keiner mehr darum bemühen, in den Himmel zu gelangen."

„Ich glaube, sie ahnen es bereits. Der Andrang vor unserer Pforte hat stark nachgelassen. Wir mussten Petrus schon auf Teilzeit setzen."

„Kein Wunder! Ist ja auch wirklich öde hier. Du solltest gemeinsam mit deinen Beratern mal über ein paar Veränderungen nachdenken. Ihr braucht ein neues Konzept und eine bessere Werbeabteilung da unten."

„Vielleicht hast du recht."

„Natürlich habe ich recht. Wenn du magst, kann ich dir ein paar Tipps geben, wie man den Laden hier wieder in Schwung bringen könnte."

„Ich werde es dem Aufsichtsrat vortragen. Aber ich sehe da kaum Möglichkeiten. Die letzten Päpste, die die Gemeinschaft der Heiligen seit ein paar Jahrzehnten unterstützen, sind ganz schön verbohrt. Ginge es nach ihnen, gäbe es im Himmel noch nicht einmal weibliche Seelen."

„Dann ist es ja gut, dass endlich mal einer wie ich hier ist."

„Wie wahr! Ach Ingo, ich habe übrigens dein Buch gelesen."

„Und da bist du dir ganz sicher?"

„Wenn ich es doch sage."

„Und welches?"

„Das, wo du dem Leser im Titel mitteilst, dass du ein Lügner bist."

„Scheiße, echt? Das glaube ich jetzt nicht. Gott hat mein Buch gelesen! Was hat dich denn dazu veranlasst?"

„Eine gemeinsame Bekannte hat es mir empfohlen."

„Eine gemeinsame Bekannte?"

„Ja, Babette! Ihr seid euch hier im Himmel schon begegnet. Erinnerst du dich? Sie meinte, du hättest ihr vor mehr als 30 Jahren sogar eine Widmung in ihr Buch geschrieben."

„Eine Widmung?"

„Richtig! Babette hat jedoch niemals so ganz verstanden, warum du sie damals als deine beste Freundin bezeichnet hast."

„Heiliger Gammelhammel, ich hab keine Ahnung, wovon du nuschelst."

„Ist auch nicht wichtig. Zumindest habe ich dein Buch gestern gelesen."

„Und, wie fandst du´s?"

„Spannend."

„Geh mir doch weg und komm nicht wieder! Jetzt fängst du auch noch damit an. Das Buch war nicht spannend. Es war irre komisch."

„Ich fand es spannend, Ingo."

„Was war denn daran bitte schön spannend?"

„Ich fand es spannend, was du so alles für Sachen erlebt hast."

„Ich dachte immer, du seist allwissend. Das waren doch ausgedachte und erfundene Geschichten."

„Bist du dir sicher?"

„Natürlich bin ich mir sicher. Ich habe sie schließlich geschrieben."

„Aber müssen sie deshalb unwahr sein?"

„Geht's noch? Ich war ein genialer Schriftsteller. Da wird es mir doch wohl zuzutrauen sein, dass ich mir die Storys ausgedacht habe, oder? Zudem war der Typ in dem Buch ein primitives Riesenarschloch."

„Entschuldige meine Direktheit, lieber Ingo. Du warst Müllsortierer auf einem Wertstoffhof und zudem tatsächlich ein Riesenarschloch."

„Jetzt reicht's mir aber! So darf nicht mal ein Gott mit mir reden."

„Gott! Bitte ohne unbestimmten Artikel. Schließlich bin ich einzigartig."

„Was erst noch bewiesen werden muss. Du nimmst das auf jeden Fall zurück, sonst erzähle ich in der Hölle allen, dass du gar keinen Bart hast, *Nicht dafür* sagst, nölst wie Til Schweiger und total klein bist."

„Mach doch! Dann erzähle ich aber auch allen hier oben, dass deine Geschichten wahr sind – und du ein Riesenarschloch bist."

„Von mir aus kannst du diesen öden Schwebegeistern hier erzählen, was du willst. Meine Geschichten haben auf der Erde keine Sau interessiert und im Himmel erst recht nicht."

„Da wäre ich mir nicht so sicher. Dein Buch ist in der Bibliothek mehrfach vorhanden und seit ein paar Tagen der absolute Renner. Alle Exemplare sind für die nächsten dreihundert Jahre vorbestellt, und die theaterpädagogische Seeleninitiative plant, deine Weihnachtsgeschichte mit dem brennenden Baum in diesem Jahr als Krippenspiel aufzuführen. Ich sage dir: Das wirft ein enorm schlechtes Bild auf dich, wenn ich deinen Fans die Wahrheit über dich und dein Buch erzählen würde."

„Ich habe Fans?"

„Du kannst mir ruhig glauben, denn ich bin *kein* Lügner."

„Und die finden mich wirklich gut?"

„Sie vergöttern dich nahezu. Ich muss echt aufpassen, dass du nicht noch zur ernsthaften Konkurrenz für mich wirst."

„Könnten wir das mit der Hölle vielleicht noch ein paar Jährchen aufschieben? Ich meine, bis sich der Hype um mich etwas gelegt hat."

„Und der Wodka, die Zigaretten und die Bräute?"

„Können warten."

„Ingo, mein Sohn. Es ist deine Entscheidung. Wenn du noch ein wenig bleiben möchtest, ist das kein Ding."

„Und ließe es sich unter Umständen einrichten, dass ich bei dem Krippenspiel den Ingo spielen darf?"

„Ich könnte bei besagter Initiative ein gutes Wort für dich einlegen."

„Und das bringt was, liebster Gott?"

„Na hör mal! Noch bin ich der Obermufti hier."

„Gut! Dann bleibe ich noch."

„Ganz ehrlich?"

„Ganz ehrlich! Großes Indianerehrenwort."

„Na, einem wie dir kann man ja nur glauben."

„Quasi gewissermaßen sozusagen."

„Ich vermute, wir zwei haben hier noch eine große Zukunft vor uns."

„Worauf du einen lassen kannst! Ach, Gottchen?"

„Was ist denn noch, Ingochen?"

„Da gibt es so eine Episode in dem Buch, von dem du eben gesprochen hast. Die mit der Lesung."

„Und?"

„Der alte Mann, der mich an diesem Abend zum Bleiben bewegt hat – warst du das?"

„Ich dachte, die Geschichten hättest du dir alle nur ausgedacht."

„Sag schon! Warst du das, oder habe ich mir den Kerl nur eingebildet?"

„Lieber Ingo! Ich verrate dir jetzt ein Geheimnis, das vor dir noch nie eine Menschenseele erfahren hat."

„Lass hören, Alter!"

„Ich habe da vor Urzeiten mal eine hübsche Flasche Whiskey im entlegensten Winkel des Himmels unter einem Apfelbaum versteckt. Hast du Lust, dass ich dir deine Frage bei einem Drink beantworte?"

„Aber so was von! Langsam wirst du mir richtig sympathisch."

„Na, dann komm! Und beeil dich. Es könnte nämlich ansonsten sein, dass ich es mir noch einmal überlege und dich doch direkt zum Teufel jage. Wenn ich mir dein Leben so ansehe, hättest du es eigentlich nicht anders verdient."

Letzte Worte

Am Anfang schuf Gott die Idee. Und anschließend bestrafte er mich mit einem Haufen Arbeit. Doch es hat sich gelohnt, denn auf diese Weise wurde mir das Vergnügen zuteil, nach Karl Bauer nun einen weiteren guten Freund in meinem Leben begrüßen zu dürfen. Dass ich Ingo Rosenberg-Bratz bereits seit vielen Jahren als unsichtbaren und permanenten Wegbegleiter kannte, hat die Angelegenheit dabei um einiges leichter gemacht. Es ist halt bedeutend einfacher, über vertraute Personen zu schreiben, als über Menschen, die man sich erst ausdenken muss.

Ansonsten sind natürlich alle in diesem Buch vorkommenden Charaktere quasi gewissermaßen sozusagen frei erfunden, wenn man einmal von Babette, Rosi, Robert, Heidi, Klara, Dobermann, Herrn Müller, den Polizisten Brunner & Brunner, der heiligen Makrele, Herrn Klobrich, Karl und Marianne Bauer, der erotisch umweltbewussten Ich-AG, dem heiligen Gammelhammel, River-Hermine vom Brechstein, der Blumenverkäuferin, Schwester Regina und den Teilnehmern der illustren Talk-Runde absieht.

In diesem Zusammenhang möchte ich mich in aller Form und voller Demut bei Boris, Babs und Lilly Becker, Veronica Ferres, Barbara Schöneberger und Hubertus Meyer-Burckhardt für die Dreistigkeit entschuldigen, dass Ingo von ihnen geträumt hat. Sollte ich jemals das Glück haben, gemeinsam mit diesen wundervollen Menschen in eine TV-Show eingeladen zu werden, werde ich ihnen zuvor in der Garderobe eigenhändig die Näschen pudern – großes Indianerehrenwort. Zudem entschuldige ich mich bei allen Veganern. Und natürlich bei allen Sozialpädagogikstudenten. Ich bin mir sicher, der Ingo hat es nicht so gemeint – aber wenn ihr euch nun mal so komisch benehmt, nie das Treppenhaus putzt und auf Heiligenfiguren ballert, darf man sich anschließend nicht wundern.

Im Folgenden möchte ich mich bei den Menschen bedanken, die eigentlich mehr als nur ein „Danke" verdient hätten.
Ich danke zunächst einmal Christian Peitz für seine freundschaftliche Loyalität und seine immerwährende Professionalität. Mechthild Brünen danke ich für das Korrekturlesen. Kurt Priesmeier danke ich für das gelungene Cover und dafür, dass er meinem Ingo ein Gesicht gab.

Herzlichen Dank an das Empfangs-Team vom *Adlon Kempinski,* dessen Sinn für Humor mich mächtig beeindruckt hat. Ich danke „Katrin" für den *„Babette-Dialog",* der sich nach meiner ersten öffentlichen Lesung in Salzbergen im Oktober 2013 fast genau so zugetragen hat. Ich danke Mario Popp für die Inspiration zu *„Eine Rose...".* Danke an meinen ewigen Bodyguard Stephan Witte-Ameis für die unendliche Geduld, die er täglich für einen Verrückten wie mich aufbringen muss. Besonderer Dank gebührt den fabelhaften Seniorinnen und Senioren des St. Josefshauses. Unglaublich, mit welcher Weisheit und Selbstironie diese Menschen mich und Ingo das Kapitel *„Die Lesung"* haben erleben und sogar vor ihnen vortragen lassen. Sie sind meine Helden!

Dann danke ich allen treuen Karl-Bauer-Lesern, Torsten Sträter für einen Sack voll Inspiration, Daniel Kosakowski für alles, Heinz Strunk für den Heinzer, Bernd Stromberg, Marco, Hubi, Danny without a car, Nils und … meinen Eltern.
Danke an Wolfgang Attermeyer (Münsterländische Volkszeitung), Ulla Wolanewitz (Billerbecker Anzeiger), Alexandra Schlüter (Stadtanzeiger Coesfeld), Reinhold Kübber (Streiflichter Coesfeld), Johanna Lügermann (Lingener Tagespost), die „Bücherschmiede", „Bücher Schwalbe", Kirsten Hülsing, das Team der KÖB-Salzbergen und alle weiteren Unterstützer.
Danke Oli und Guido. *„Was soll ich sagen? Es ist doch alles schon gesagt. Ohne uns sind wir die Hälfte wert."*(Falco)

Fast hätte ich`s vergessen. Herzlichen Dank auch an … Gott! Schön, dass du dich auf den Spaß eingelassen und das Buch gelesen hast. Ich verspreche dir, du wirst deine Entscheidung nie niemals bereuen.

Und zum Schluss danke ich, wie immer an dieser Stelle, meinen drei außerhalb meines Körpers gelagerten zusätzlichen Herzen. Anke, Ronja und Maja, ohne euch würde das alles keinen Sinn machen. Ich liebe euch und … bleibt wo und wie ihr seid. Dieses Buch ist für euch.

Bis die Tage … and keep on reading! Vielleicht sieht man sich ja mal bei einer Lesung von Ingo.

Swen Artmann, Februar 2014